ARRIA MARCELLA

LE PIED DE MOMIE

LA VÉNUS D'ILLE

PETITE DISCUSSION AVEC UNE MOMIE

S

Théophile Gautier
Prosper Mérimée
Edgar Allan Poe

ARRIA MARCELLA
LE PIED DE MOMIE
LA VÉNUS D'ILLE
PETITE DISCUSSION AVEC UNE MOMIE

Arria Marcella
Souvenir de Pompéi

Théophile Gautier

Trois jeunes gens, trois amis qui avaient fait ensemble le voyage d'Italie, visitaient l'année dernière le musée des Studj, à Naples, où l'on a réuni les différents objets antiques exhumés des fouilles de Pompéi et d'Herculanum.

Ils s'étaient répandus à travers les salles et regardaient les mosaïques, les bronzes, les fresques détachés des murs de la ville morte, selon que leur caprice les éparpillait, et quand l'un d'eux avait fait une rencontre curieuse, il appelait ses compagnons avec des cris de joie, au grand scandale des Anglais taciturnes et des bourgeois posés occupés à feuilleter leur livret.

Mais le plus jeune des trois, arrêté devant une vitrine, paraissait ne pas entendre les exclamations de ses camarades, absorbé qu'il était dans une contemplation profonde. Ce qu'il examinait avec tant d'attention, c'était un morceau de cendre noire coagulée portant une empreinte creuse : on eût dit un fragment de moule de statue, brisé par la fonte ; l'œil exercé d'un artiste y eût aisément reconnu la coupe d'un sein admirable et d'un flanc aussi pur de style que celui d'une statue grecque. L'on sait, et le moindre guide du voyageur vous l'indique, que cette lave, refroidie autour du corps d'une femme, en a gardé le contour charmant. Grâce au caprice de l'éruption qui a détruit quatre villes, cette noble forme, tombée en poussière depuis deux mille ans bientôt, est parvenue jusqu'à nous ; la rondeur d'une gorge a traversé les siècles lorsque tant d'empires disparus n'ont pas laissé de trace ! Ce cachet de beauté, posé par le hasard sur la scorie d'un volcan, ne s'est pas effacé.

Voyant qu'il s'obstinait dans sa contemplation, les deux amis d'Octavien revinrent vers lui, et Max, en le touchant à l'épaule, le fit tressaillir comme un homme surpris dans son secret. Évidemment Octavien n'avait entendu venir ni Max ni Fabio.

« Allons, Octavien, dit Max, ne t'arrête pas ainsi des heures entières à chaque armoire, ou nous allons manquer l'heure du chemin de fer, et nous ne verrons pas Pompéi aujourd'hui.

— Que regarde donc le camarade ? ajouta Fabio, qui s'était rapproché. Ah ! l'empreinte trouvée dans la maison d'Arrius Diomèdes. » Et il jeta sur Octavien un coup d'œil rapide et singulier.

Octavien rougit faiblement, prit le bras de Max, et la visite s'acheva sans autre incident. En sortant des

Studj, les trois amis montèrent dans un corricolo et se firent mener à la station du chemin de fer. Le corricolo, avec ses grandes roues rouges, son strapontin constellé de clous de cuivre, son cheval maigre et plein de feu, harnaché comme une mule d'Espagne, courant au galop sur les larges dalles de lave, est trop connu pour qu'il soit besoin d'en faire la description ici, et d'ailleurs nous n'écrivons pas des impressions de voyage sur Naples, mais le simple récit d'une aventure bizarre et peu croyable, quoique vraie.

Le chemin de fer par lequel on va à Pompéi longe presque toujours la mer, dont les longues volutes d'écume viennent se dérouler sur un sable noirâtre qui ressemble à du charbon tamisé. Ce rivage, en effet, est formé de coulées de lave et de cendres volcaniques, et produit, par son ton foncé, un contraste avec le bleu du ciel et le bleu de l'eau ; parmi tout cet éclat, la terre seule semble retenir l'ombre.

Les villages que l'on traverse ou que l'on côtoie, Portici, rendu célèbre par l'opéra de M. Auber, Resina, Torre del Greco, Torre dell' Annunziata, dont on aperçoit en passant les maisons à arcades et les toits en terrasses, ont, malgré l'intensité du soleil et le lait de chaux méridional, quelque chose de plutonien et de ferrugineux comme Manchester et Birmingham ; la poussière y est noire, une suie impalpable s'y accroche à tout ; on sent que la grande forge du Vésuve halète et fume à deux pas de là.

Les trois amis descendirent à la station de Pompéi, en riant entre eux du mélange d'antique et de moderne que présentent naturellement à l'esprit ces mots : *Station de Pompéi.* Une ville gréco-romaine et un débarcadère de railway !

Ils traversèrent le champ planté de cotonniers, sur lequel voltigeaient quelques bourres blanches, qui sépare le chemin de fer de l'emplacement de la ville déterrée, et prirent un guide à l'osteria bâtie en dehors des anciens remparts, ou, pour parler plus correctement, un guide les prit. Calamité qu'il est difficile de conjurer en Italie.

Il faisait une de ces heureuses journées si communes à Naples, où par l'éclat du soleil et la transparence de l'air les objets prennent des couleurs qui semblent fabuleuses dans le Nord, et paraissent appartenir plutôt au monde du rêve qu'à celui de la réalité. Quiconque a vu une fois cette lumière d'or et d'azur en emporte au fond de sa brume une incurable nostalgie.

La ville ressuscitée, ayant secoué un coin de son linceul de cendre, ressortait avec ses mille détails sous un jour aveuglant. Le Vésuve découpait dans le fond son cône sillonné de stries de laves bleues, roses, violettes, mordorées par le soleil. Un léger brouillard, presque imperceptible dans la lumière, encapuchonnait la crête écimée de la montagne ; au premier abord, on eût pu le prendre pour un de ces nuages qui, même par les temps les plus sereins, estompent le front des pics élevés. En y regardant de plus près, on voyait de minces filets de vapeur blanche sortir du haut du mont comme des trous d'une cassolette, et se réunir ensuite en vapeur légère. Le volcan, d'humeur débonnaire ce jour-là, fumait tout tranquillement sa pipe, et sans l'exemple de Pompéi ensevelie à ses pieds, on ne l'aurait pas cru d'un caractère plus féroce que Montmartre ; de l'autre côté, de belles collines, aux lignes ondulées et voluptueuses comme des hanches de femme, arrêtaient l'horizon ; et plus loin la mer, qui autrefois apportait les birèmes et les trirèmes sous les remparts de la ville, tirait sa placide barre d'azur.

L'aspect de Pompéi est des plus surprenants ; ce brusque saut de dix-neuf siècles en arrière étonne même les natures les plus prosaïques et les moins compréhensives : deux pas vous mènent de la vie antique à la vie moderne, et du christianisme au paganisme ; aussi, lorsque les trois amis virent ces rues où les formes d'une existence évanouie sont conservées intactes, éprouvèrent-ils, quelque préparés qu'ils y fussent par les livres et les dessins, une impression aussi étrange que profonde. Octavien surtout semblait frappé de stupeur et suivait machinalement le guide d'un pas de somnambule, sans écouter la nomenclature monotone et apprise par cœur que ce faquin débitait comme une leçon.

Il regardait d'un œil effaré ces ornières de char creusées dans le pavage cyclopéen des rues et qui paraissent dater d'hier tant l'empreinte en est fraîche ; ces inscriptions tracées en lettres rouges, d'un pinceau cursif, sur les parois des murailles : affiches de spectacle, demandes de location, formules votives, enseignes, annonces de toutes sortes, curieuses comme le serait dans deux mille ans, pour les peuples inconnus de l'avenir, un pan de mur de Paris retrouvé avec ses affiches et ses placards ; ces maisons aux toits effondrés laissant pénétrer d'un coup d'œil tous ces mystères d'intérieur, tous ces détails domestiques que négligent les historiens et dont les civilisations emportent le secret avec elles ; ces fontaines à peine taries, ce forum surpris au milieu d'une réparation par la catastrophe, et dont les colonnes, les architraves toutes taillées, toutes sculptées, attendent dans leur pureté d'arête qu'on les mette en place ; ces temples voués à des dieux passés à l'état mythologique et qui alors n'avaient pas un athée ; ces boutiques où ne manque que le marchand ; ces cabarets où se voit encore sur le marbre la tache circulaire laissée par la tasse des buveurs ; cette caserne aux colonnes peintes d'ocre et de minium que les soldats ont égratignée de caricatures de combattants, et ces doubles théâtres de drame et de chant juxtaposés, qui pourraient reprendre leurs représentations, si la troupe qui les desservait, réduite à l'état d'argile, n'était pas occupée, peut-être, à luter le bondon d'un tonneau de bière ou à boucher une fente de mur, comme la poussière d'Alexandre et de César, selon la mélancolique réflexion d'Hamlet.

Fabio monta sur le thymelé du théâtre tragique tandis qu'Octavien et Max grimpaient jusqu'en haut des gradins, et là il se mit à débiter avec force gestes les morceaux de poésie qui lui venaient à la tête, au grand effroi des lézards, qui se dispersaient en frétillant de la queue et en se tapissant dans les fentes des assises ruinées ; et quoique les vases d'airain ou de terre, destinés à répercuter les sons, n'existassent plus, sa voix n'en résonnait pas moins pleine et vibrante.

Le guide les conduisit ensuite, à travers les cultures qui recouvrent les portions de Pompéi encore ensevelies, à l'amphithéâtre, situé à l'autre extrémité de la ville. Ils marchèrent sous ces arbres dont les racines plongent dans les toits des édifices enterrés, en disjoignent les tuiles, en fendent les plafonds, en disloquent les colonnes, et passèrent par ces champs où de vulgaires légumes fructifient sur des merveilles d'art, matérielles images de l'oubli que le temps déploie sur les plus belles choses.

L'amphithéâtre ne les surprit pas. Ils avaient vu celui de Vérone, plus vaste et aussi bien conservé, et ils connaissaient la disposition de ces arènes antiques aussi familièrement que celle des places de taureaux en Espagne, qui leur ressemblent beaucoup, moins la solidité de la construction et la beauté des matériaux.

Ils revinrent donc sur leurs pas, gagnèrent par un chemin de traverse de la rue de la Fortune, écoutant d'une oreille distraite le cicerone, qui en passant devant chaque maison la nommait du nom qui lui a été donné lors de sa découverte, d'après quelque particularité caractéristique : – la maison du Taureau de bronze, la maison du Faune, la maison du Vaisseau, le temple de la Fortune, la maison de Méléagre, la taverne de la Fortune à l'angle de la rue Consulaire, l'académie de Musique, le Four banal, la Pharmacie, la boutique du Chirurgien, la Douane, l'habitation des

Vestales, l'auberge d'Albinus, les Thermopoles, et ainsi de suite jusqu'à la porte qui conduit à la voie des Tombeaux.

Cette porte en briques, recouverte de statues, et dont les ornements ont disparu, offre dans son arcade intérieure deux profondes rainures destinées à laisser glisser une herse, comme un donjon du Moyen Âge à qui l'on aurait cru ce genre de défense particulier.

« Qui aurait soupçonné, dit Max à ses amis, Pompéi, la ville gréco-latine, d'une fermeture aussi romantiquement gothique ? Vous figurez-vous un chevalier romain attardé, sonnant du cor devant cette porte pour se faire lever la herse, comme un page du quinzième siècle ?

— Rien n'est nouveau sous le soleil, répondit Fabio, et cet aphorisme lui-même n'est pas neuf, puisqu'il a été formulé par Salomon.

— Peut-être y a-t-il du nouveau sous la lune ! continua Octavien en souriant avec une ironie mélancolique.

— Mon cher Octavien, dit Max, qui pendant cette petite conversation s'était arrêté devant une inscription tracée à la rubrique sur la muraille extérieure, veux-tu voir des combats de gladiateurs ? – Voici les affiches : – Combat et chasse pour le 5 des nones d'avril, – les mâts seront dressés, – vingt paires de gladiateurs lutteront aux nones, – et si tu crains pour la fraîcheur de ton teint, rassure-toi, on tendra les voiles ; – à moins que tu ne préfères te rendre à l'amphithéâtre de bonne heure, ceux-ci se couperont la gorge le matin – *matutini erunt* ; on n'est pas plus complaisant. »

En devisant de la sorte, les trois amis suivaient cette voie bordée de sépulcres qui, dans nos sentiments modernes, serait une lugubre avenue pour une ville, mais qui n'offrait pas les mêmes significations tristes pour les anciens, dont les tombeaux, au lieu d'un cadavre horrible, ne contenaient qu'une pincée de cendres, idée abstraite de la mort. L'art embellissait ces dernières demeures, et, comme dit Goethe, le païen décorait des images de la vie les sarcophages et les urnes.

C'est ce qui faisait sans doute que Max et Fabio visitaient, avec une curiosité allègre et une joyeuse plénitude d'existence qu'ils n'auraient pas eues dans un cimetière chrétien, ces monuments funèbres si gaiement dorés par le soleil et qui, placés sur le bord du chemin, semblent se rattacher encore à la vie et n'inspirent aucune de ces froides répulsions, aucune de ces terreurs fantastiques que font éprouver nos sépultures lugubres. Ils s'arrêtèrent devant le tombeau de Mammia, la prêtresse publique, près duquel est poussé un arbre, un cyprès ou un peuplier ; ils s'assirent dans l'hémicycle du triclinium des repas funéraires, riant comme des héritiers ; ils lurent avec force lazzi les épitaphes de Nevoleja, de Labeon et de la famille Arria, suivis d'Octavien, qui semblait plus touché que ses insouciants compagnons du sort de ces trépassés de deux mille ans.

Ils arrivèrent ainsi à la villa d'Arrius Diomèdes, une

des habitations les plus considérables de Pompéi. On y monte par des degrés de briques, et lorsqu'on a dépassé la porte flanquée de deux petites colonnes latérales, on se trouve dans une cour semblable au *patio* qui fait le centre des maisons espagnoles et moresques et que les anciens appelaient *impluvium* ou *cavædium* ; quatorze colonnes de briques recouvertes de stuc forment, des quatre côtés, un portique ou péristyle couvert, semblable au cloître des couvents, et sous lequel on pouvait circuler sans craindre la pluie. Le pavé de cette cour est une mosaïque de briques et de marbre blanc, d'un effet doux et tendre à l'œil. Dans le milieu, un bassin de marbre quadrilatère, qui existe encore, recevait les eaux pluviales qui dégouttaient du toit du portique. – Cela produit un singulier effet d'entrer ainsi dans la vie antique et de fouler avec des bottes vernies des marbres usés par les sandales et les cothurnes des contemporains d'Auguste et de Tibère.

Le cicerone les promena dans l'exèdre ou salon d'été, ouvert du côté de la mer pour en aspirer les fraîches brises. C'était là qu'on recevait et qu'on faisait la sieste pendant les heures brûlantes, quand soufflait ce grand zéphyr africain chargé de langueurs et d'orages. Il les fit entrer dans la basilique, longue galerie à jour qui donne de la lumière aux appartements et où les visiteurs et les clients attendaient que le nomenclateur les appelât ; il les conduisit ensuite sur la terrasse de marbre blanc d'où la vue s'étend sur les jardins verts et sur la mer bleue ; puis il leur fit voir le nymphæum ou salle de bains, avec ses murailles peintes en jaune, ses colonnes de stuc, son pavé de mosaïque et sa cuve de marbre qui reçut tant de corps charmants évanouis comme des ombres ; – le cubiculum, où flottèrent tant de rêves venus de la porte d'ivoire, et dont les alcôves pratiquées dans le mur étaient fermées par un conopeum ou rideau dont les anneaux de bronze gisent encore à terre ; le tétrastyle ou salle de récréation, la chapelle des dieux lares, le cabinet des archives, la bibliothèque, le musée des tableaux, le gynécée ou appartement des femmes, composé de petites chambres en partie ruinées, dont les parois conservent des traces de peintures et d'arabesques comme des joues dont on a mal essuyé le fard.

Cette inspection terminée, ils descendirent à l'étage inférieur, car le sol est beaucoup plus bas du côté du jardin que du côté de la voie des Tombeaux ; ils traversèrent huit salles peintes en rouge antique, dont l'une est creusée de niches architecturales, comme on en voit au vestibule de la salle des Ambassadeurs à l'Alhambra, et ils arrivèrent enfin à une espèce de cave ou de cellier dont la destination était clairement indiquée par huit amphores d'argile dressées contre le mur et qui avaient dû être parfumées de vin de Crète, de Falerne et de Massique comme des odes d'Horace.

Un vif rayon de jour passait par un étroit soupirail obstrué d'orties, dont il changeait les feuilles traversées de lumières en émeraudes et en topazes, et ce gai détail naturel souriait à propos à travers la tristesse du lieu.

« C'est ici, dit le cicerone de sa voix nonchalante, dont le ton s'accordait à peine avec le sens des paroles, que l'on trouva, parmi dix-sept squelettes, celui de la dame dont l'empreinte se voit au musée de Naples. Elle avait des anneaux d'or, et les lambeaux de sa fine tunique adhéraient encore aux cendres tassées qui ont gardé sa forme. »

Les phrases banales du guide causèrent une vive émotion à Octavien. Il se fit montrer l'endroit exact où ces restes précieux avaient été découverts, et s'il n'eût été contenu par la présence de ses amis, il se serait livré à quelque lyrisme extravagant ; sa poitrine se gonflait, ses yeux se trempaient de furtives moiteurs : cette catastrophe, effacée par vingt siècles d'oubli, le touchait comme un malheur tout récent ; la mort d'une maîtresse ou d'un ami ne l'eût pas affligé davantage, et une larme en retard de deux mille ans tomba, pendant que Max et Fabio avaient le dos tourné, sur la place où cette femme, pour laquelle il se sentait pris d'un amour rétrospectif, avait péri étouffée par la cendre chaude du volcan.

« Assez d'archéologie comme cela ! s'écria Fabio ; nous ne voulons pas écrire une dissertation sur une cruche ou une tuile du temps de Jules César pour devenir membre d'une académie de province, ces souvenirs classiques me creusent l'estomac. Allons dîner, si toutefois la chose est possible, dans cette osteria pittoresque, où j'ai peur qu'on ne nous serve que des beefsteaks fossiles et des œufs frais pondus avant la mort de Pline.

— Je ne dirai pas comme Boileau :

Un sot, quelquefois, ouvre un avis important…

fit Max en riant, ce serait malhonnête ; mais cette idée a du bon. Il eût été pourtant plus joli de festiner ici, dans un triclinium quelconque, couchés à l'antique, servis par des esclaves, en manière de Lucullus ou de Trimalcion. Il est vrai que je ne vois pas beaucoup d'huîtres du lac Lucrin ; les turbots et les rougets de l'Adriatique sont absents ; le sanglier d'Apulie manque sur le marché ; les pains et les gâteaux au miel figurent au musée de Naples aussi durs que des pierres à côté de leurs moules vert-de-grisés ; le macaroni cru, saupoudré de cacio-cavallo, et quoiqu'il soit détestable, vaut encore mieux que le néant. Qu'en pense le cher Octavien ? »

Octavien, qui regrettait fort de ne pas s'être trouvé à Pompéi le jour de l'éruption du Vésuve pour sauver la dame aux anneaux d'or et mériter ainsi son amour, n'avait pas entendu une phrase de cette conversation gastronomique. Les deux derniers mots prononcés par Max le frappèrent seuls, et comme il n'avait pas envie d'entamer une discussion, il fit, à tout hasard, un signe d'assentiment, et le groupe amical reprit, en côtoyant les remparts, le chemin de l'hôtellerie.

L'on dressa la table sous l'espèce de porche ouvert qui sert de vestibule à l'osteria, et dont les murailles, crépies à la chaux, étaient décorées de quelques croûtes qualifiées par l'hôte : Salvator Rosa, Espagnolet, cavalier Massimo et autres noms célèbres de l'école napolitaine, qu'il se crut obligé d'exalter.

« Hôte vénérable, dit Fabio, ne déployez pas votre éloquence en pure perte. Nous ne sommes pas des Anglais, et nous préférons les jeunes filles aux vieilles toiles. Envoyez-nous plutôt la liste de vos vins par cette belle brune, aux yeux de velours, que j'ai aperçue dans l'escalier. »

Lepalforio, comprenant que ses hôtes n'appartenaient pas au genre mystifiable des philistins et des bourgeois, cessa de vanter sa galerie pour glorifier sa cave. D'abord, il avait tous les vins des meilleurs crus : château-margaux, grand-laffitte retour des Indes, sillery de Moët, hochmeyer, scarlat-wine, porto et porter, ale et gingerbeer, lacryma-christi blanc et rouge, capri et falerne.

« Quoi ! tu as du vin de Falerne, animal, et tu le mets à la fin de ta nomenclature ; tu nous fais subir une litanie œnologique insupportable, dit Max en sautant à la gorge de l'hôtelier avec un mouvement de fureur comique ; mais tu n'as donc pas le sentiment de la couleur locale ? tu es donc indigne de vivre dans ce voisinage antique ? Est-il bon au moins, ton falerne ? a-t-il été mis en amphore sous le consul Plancus ? – *consule Planco.*

— Je ne connais pas le consul Plancus, et mon vin n'est pas mis en amphore, mais il est vieux et coûte dix carlins la bouteille », répondit l'hôte.

Le jour était tombé et la nuit était venue, nuit sereine et transparente, plus claire, à coup sûr, que le plein midi de Londres ; la terre avait des tons d'azur et le ciel des reflets d'argent d'une douceur inimaginable ; l'air était si tranquille que la flamme des bougies posées sur la table n'oscillait même pas.

Un jeune garçon jouant de la flûte s'approcha de la table et se tint debout, fixant ses yeux sur les trois convives, dans une attitude de bas-relief, et soufflant dans son instrument aux sons doux et mélodieux quelqu'une de ces cantilènes populaires en mode mineur dont le charme est pénétrant.

Peut-être ce garçon descendait en droite ligne du flûteur qui précédait Duilius.

« Notre repas s'arrange d'une façon assez antique ; il ne nous manque que des danseuses gaditanes et des couronnes de lierre, dit Fabio en se versant une large rasade de vin de Falerne.

— Je me sens en veine de faire des citations latines comme un feuilleton des *Débats* ; il me revient des strophes d'ode, ajouta Max.

— Garde-les pour toi, s'écrièrent Octavien et Fabio, justement alarmés ; rien n'est indigeste comme le latin à table. »

La conversation entre jeunes gens qui, le cigare à la bouche, le coude sur la table, regardent un certain nombre de flacons vidés, surtout lorsque le vin est capiteux, ne tarde pas à tourner sur les femmes. Chacun exposa son système, dont voici à peu près le résumé.

Fabio ne faisait cas que de la beauté et de la jeunesse. Voluptueux et positif, il ne se payait pas d'illusions et n'avait en amour aucun préjugé. Une paysanne lui plaisait autant qu'une duchesse, pourvu qu'elle fût belle ; le corps le touchait plus que la robe ; il riait beaucoup de certains de ses amis amoureux de quelques mètres de soie et de dentelles, et disait qu'il serait plus logique d'être épris d'un étalage de marchand de nouveautés. Ces opinions, fort raisonnables au fond, et qu'il ne cachait pas, le faisaient passer pour un homme excentrique.

Max, moins artiste que Fabio, n'aimait, lui, que les entreprises difficiles, que les intrigues compliquées ; il cherchait des résistances à vaincre, des vertus à séduire, et conduisait l'amour comme une partie d'échecs, avec des coups médités longtemps, des effets suspendus, des surprises et des stratagèmes dignes de Polybe. Dans un salon, la femme qui paraissait avoir le moins de sympathie à son endroit était celle qu'il choisissait pour but de ses attaques ; la faire passer de l'aversion à l'amour par des transitions habiles était pour lui un plaisir délicieux ; s'imposer aux âmes qui le repoussaient, mater les volontés rebelles à son ascendant, lui semblait le plus doux des triomphes. Comme certains chasseurs qui courent les champs, les bois et les plaines par la pluie, le soleil et la neige, avec des fatigues excessives et une ardeur que rien ne rebute, pour un maigre gibier que les trois quarts du temps ils dédaignent de manger, Max, la proie atteinte, ne s'en souciait plus, et se remettait en quête presque aussitôt.

Pour Octavien, il avouait que la réalité ne le séduisait guère, non qu'il fît des rêves de collégien tout pétris de lis et de roses comme un madrigal de Demoustier, mais il y avait autour de toute beauté trop de détails prosaïques et rebutants ; trop de pères radoteurs et décorés ; de mères coquettes, portant des fleurs naturelles dans de faux cheveux ; de cousins rougeauds et méditant des déclarations ; de tantes ridicules, amoureuses de petits chiens. Une gravure à l'aquatinte, d'après Horace Vernet ou Delaroche, accrochée dans la chambre d'une femme, suffisait pour arrêter chez lui une passion naissante. Plus poétique encore qu'amoureux, il demandait une terrasse de l'Isola Bella, sur le lac Majeur, par un beau clair de lune, pour encadrer un rendez-vous. Il eût voulu enlever son amour du milieu de la vie commune et en transporter la scène dans les étoiles. Aussi s'était-il épris tour à tour d'une passion impossible et folle pour tous les grands types féminins conservés par l'art ou l'histoire. Comme Faust, il avait aimé Hélène, et il aurait voulu que les ondulations des siècles apportassent jusqu'à lui une de ces sublimes personnifications des désirs et des rêves humains, dont la forme, invisible pour les yeux vulgaires, subsiste toujours dans l'espace et le temps. Il s'était composé un sérail idéal avec Sémiramis, Aspasie, Cléopâtre, Diane de Poitiers, Jeanne d'Aragon. Quelquefois aussi il aimait des statues, et un jour, en passant au musée devant la Vénus de Milo, il s'était écrié : « Oh ! qui te rendra les bras pour m'écraser contre ton sein de marbre ? »

À Rome, la vue d'une épaisse chevelure nattée exhumée d'un tombeau antique l'avait jeté dans un bizarre délire ; il avait essayé, au moyen de deux ou trois de ces cheveux obtenus d'un gardien séduit à prix d'or, et remis à une somnambule d'une grande puissance, d'évoquer l'ombre et la forme de cette morte ; mais le fluide conducteur s'était évaporé après tant d'années, et l'apparition n'avait pu sortir de la nuit éternelle.

Comme Fabio l'avait deviné devant la vitrine des Studj, l'empreinte recueillie dans la cave de la villa d'Arrius Diomèdes excitait chez Octavien des élans insensés vers un idéal rétrospectif ; il tentait de sortir du temps et de la vie, et de transposer son âme au siècle de Titus.

Max et Fabio se retirèrent dans leur chambre et, la tête un peu alourdie par les classiques fumées du falerne, ne tardèrent pas à s'endormir. Octavien, qui avait souvent laissé son verre plein devant lui, ne voulant pas troubler par une ivresse grossière l'ivresse poétique qui bouillonnait dans son cerveau, sentit à l'agitation de ses nerfs que le sommeil ne lui viendrait pas, et sortit de l'osteria à pas lents pour rafraîchir son front et calmer sa pensée à l'air de la nuit.

Ses pieds, sans qu'il en eût conscience, le portèrent à l'entrée par laquelle on pénètre dans la ville morte ; il déplaça la barre de bois qui la ferme et s'engagea au hasard dans les décombres.

La lune illuminait de sa lueur blanche les maisons pâles, divisant les rues en deux tranches de lumière argentée et d'ombre bleuâtre. Ce jour nocturne, avec ses teintes ménagées, dissimulait la dégradation des édifices. L'on ne remarquait pas, comme à la clarté crue du soleil, les colonnes tronquées, les façades sillonnées de lézardes, les toits effondrés par l'éruption ; les parties absentes se complétaient par la demi-teinte, et un rayon brusque, comme une touche de sentiment dans l'esquisse d'un tableau, indiquait tout un ensemble écroulé. Les génies taciturnes de la nuit semblaient avoir réparé la cité fossile pour quelque représentation d'une vie fantastique.

Quelquefois même Octavien crut voir se glisser de vagues formes humaines dans l'ombre ; mais elles s'évanouissaient dès qu'elles atteignaient la portion éclairée. De sourds chuchotements, une rumeur indéfinie, voltigeaient dans le silence. Notre promeneur les attribua d'abord à quelque papillonnement de ses yeux, à quelque bourdonnement de ses oreilles, – ce pouvait être aussi un jeu d'optique, un soupir de la brise marine, ou la fuite à travers les orties d'un lézard ou d'une couleuvre, car tout vit dans la nature, même la mort, tout bruit, même le silence. Cependant il éprouvait une espèce d'angoisse involontaire, un léger frisson, qui pouvait être causé par l'air froid de la nuit, et faisait frémir sa peau. Il retourna deux ou trois fois la tête ; il ne se sentait plus seul comme tout à l'heure dans la ville déserte. Ses camarades avaient-ils eu la même idée que lui, et le cherchaient-ils à travers ces ruines ? Ces formes entrevues, ces bruits indistincts de pas, était-ce Max et Fabio marchant et causant, et disparus à l'angle d'un carrefour ? Cette explication toute naturelle, Octavien comprenait à son trouble qu'elle n'était pas vraie, et les raisonnements qu'il faisait là-dessus à part lui ne le convainquaient pas. La solitude et l'ombre s'étaient peuplées d'êtres invisibles qu'il dérangeait ; il tombait au milieu d'un mystère, et l'on semblait attendre qu'il fût parti pour commencer. Telles étaient les idées extravagantes qui lui traversaient la cervelle et qui prenaient beaucoup de vraisemblance de l'heure, du lieu et de mille détails alarmants que comprendront ceux qui se sont trouvés de nuit dans quelque vaste ruine.

En passant devant une maison qu'il avait remarquée pendant le jour et sur laquelle la lune donnait en plein, il vit, dans un état d'intégrité parfaite, un portique dont il avait cherché à rétablir l'ordonnance : quatre colonnes d'ordre dorique cannelées jusqu'à mi-hauteur, et le fût enveloppé comme d'une draperie pourpre d'une teinte de minium, soutenaient une cimaise coloriée d'ornements polychromes, que le décorateur semblait avoir achevée hier ; sur la paroi latérale de la porte un molosse de Laconie, exécuté à l'encaustique et accompagné de l'inscription sacramentelle : *Cave canem*, aboyait à la lune et aux visiteurs avec une fureur peinte. Sur le seuil de mosaïque le mot *Have*, en lettres osques et latines, saluait les hôtes de ses syllabes amicales. Les murs extérieurs, teints d'ocre et de rubrique, n'avaient pas une crevasse. La maison s'était exhaussée d'un étage, et le toit de tuiles dentelé d'un acrotère de bronze projetait son profil intact sur le bleu léger du ciel où pâlissaient quelques étoiles.

Cette restauration étrange, faite de l'après-midi au soir par un architecte inconnu, tourmentait beaucoup Octavien, sûr d'avoir vu cette maison le jour même dans un fâcheux état de ruine. Le mystérieux reconstructeur avait travaillé bien vite, car les habitations voisines avaient le même aspect récent et neuf ; tous les piliers étaient coiffés de leurs chapiteaux ; pas une pierre, pas une brique, pas une pellicule de stuc, pas une écaille de peinture ne manquaient aux parois luisantes des façades, et par l'interstice des péristyles on entrevoyait, autour du bassin de marbre du cavædium, des lauriers roses et blancs, des myrtes et des grenadiers. Tous les historiens s'étaient trompés ; l'éruption n'avait pas eu lieu, ou bien l'aiguille du temps avait reculé de vingt heures séculaires sur le cadran de l'éternité.

Octavien, surpris au dernier point, se demanda s'il dormait tout debout et marchait dans un rêve. Il s'interrogea sérieusement pour savoir si la folie ne faisait pas danser devant lui ses hallucinations ; mais il fut obligé de reconnaître qu'il n'était ni endormi ni fou.

Un changement singulier avait eu lieu dans l'atmosphère ; de vagues teintes roses se mêlaient, par dégradations violettes, aux lueurs azurées de la lune ; le ciel s'éclaircissait sur les bords ; on eût dit que le jour allait paraître. Octavien tira sa montre ; elle marquait minuit. Craignant qu'elle ne fût arrêtée, il poussa le ressort de la répétition ; la sonnerie tinta douze fois : il était bien minuit, et cependant la clarté allait toujours augmentant, la lune se fondait dans l'azur de plus en plus lumineux ; le soleil se levait.

Alors Octavien, en qui toutes les idées de temps se brouillaient, put se convaincre qu'il se promenait non dans une Pompéi morte, froid cadavre de ville qu'on a tiré à demi de son linceul, mais dans une Pompéi vivante, jeune, intacte, sur laquelle n'avaient pas coulé les torrents de boue brillante du Vésuve.

Un prodige inconcevable le reportait, lui, Français du dix-neuvième siècle, au temps de Titus, non en esprit, mais en réalité, ou faisait revenir à lui, du fond du passé, une ville détruite avec ses habitants disparus ; car un homme vêtu à l'antique venait de sortir d'une maison voisine.

Cet homme portait les cheveux courts et la barbe rasée, une tunique de couleur brune et un manteau grisâtre, dont les bouts étaient retroussés de manière à ne pas gêner sa marche ; il allait d'un pas rapide, presque cursif, et passa à côté d'Octavien sans le voir. Un panier de sparterie pendait à son bras, et il se dirigeait vers le Forum nundinarium ; – c'était un esclave, un Davus quelconque allant au marché ; il n'y avait pas à s'y tromper.

Des bruits de roues se firent entendre, et un char antique, traîné par des bœufs blancs et chargé de légumes, s'engagea dans la rue. À côté de l'attelage marchait un bouvier aux jambes nues et brûlées par le soleil, aux pieds chaussés de sandales, et vêtu d'une espèce de chemise de toile bouffant à la ceinture ; un chapeau de paille conique, rejeté derrière le dos et retenu au col par la mentonnière, laissait voir sa tête d'un type inconnu aujourd'hui, son front bas traversé de dures nodosités, ses cheveux crépus et noirs, son nez droit, ses yeux tranquilles comme ceux de ses bœufs, et son cou d'Hercule campagnard. Il touchait gravement ses bêtes de l'aiguillon, avec une pose de statue à faire tomber Ingres en extase.

Le bouvier aperçut Octavien et parut surpris, mais il continua sa route ; une fois il retourna la tête, ne trouvant pas sans doute d'explication à l'aspect de ce personnage étrange pour lui, mais laissant, dans sa placide stupidité rustique, le mot de l'énigme à de plus habiles.

Des paysans campaniens parurent aussi, poussant devant eux des ânes chargés d'outres de vin, et faisant tinter des sonnettes d'airain ; leur physionomie différait de celle des paysans d'aujourd'hui comme une médaille diffère d'un sou.

La ville se peuplait graduellement comme un de ces tableaux de diorama, d'abord déserts, et qu'un changement d'éclairage anime de personnages invisibles jusque-là.

Les sentiments qu'éprouvait Octavien avaient changé de nature. Tout à l'heure, dans l'ombre trompeuse de la nuit, il était en proie à ce malaise dont les plus braves ne se défendent pas, au milieu de circonstances inquiétantes et fantastiques que la raison ne peut expliquer. Sa vague terreur s'était changée en stupéfaction profonde ; il ne pouvait douter, à la netteté de leurs perceptions, du témoignage de ses sens, et cependant ce qu'il voyait était parfaitement incroyable. – Mal convaincu encore, il cherchait par la constatation de petits détails réels à se prouver qu'il n'était pas le jouet d'une hallucination. – Ce n'étaient pas des fantômes qui défilaient sous ses yeux, car la vive lumière du soleil les illuminait avec une réalité irrécusable, et leurs ombres allongées par le matin se projetaient sur les trottoirs et les murailles. – Ne comprenant rien à ce qui lui arrivait, Octavien, ravi au fond de voir un de ses rêves les plus chers accompli, ne résista plus à son aventure ; il se laissa faire à toutes ces merveilles, sans prétendre s'en rendre compte ; il se dit que puisque en vertu d'un pouvoir mystérieux il lui était donné de vivre quelques heures dans un siècle disparu, il ne perdrait pas son temps à chercher la solution d'un problème incompréhensible, et il continua bravement sa route, en regardant à droite et à gauche ce spectacle si vieux et si nouveau pour lui. Mais à quelle époque de la vie de Pompéi était-il transporté ? Une inscription d'édilité, gravée sur une muraille, lui apprit, par le nom des personnages publics, qu'on était au commencement du règne de Titus, – soit en l'an 79 de notre ère. – Une idée subite traversa l'âme d'Octavien ; la femme dont il avait admiré l'empreinte au musée de Naples devait être vivante, puisque l'éruption du Vésuve dans laquelle elle avait péri eut lieu le 24 août de cette même année ; il pouvait donc la retrouver, la voir, lui parler… Le désir fou qu'il avait ressenti à l'aspect de cette cendre moulée sur des contours divins allait peut-être se satisfaire, car rien ne devait être impossible à un amour qui avait eu la force de faire reculer le temps et passer deux fois la même heure dans le sablier de l'éternité.

Pendant qu'Octavien se livrait à ces réflexions, de belles jeunes filles se rendaient aux fontaines, soutenant du bout de leurs doigts blancs des urnes en équilibre sur leur tête ; des patriciens en toges blanches bordées de bandes de pourpre, suivis de leur cortège de clients, se dirigeaient vers le forum. Les acheteurs se pressaient autour des boutiques, toutes désignées par des enseignes sculptées et peintes, et rappelant par leur petitesse et leur forme les boutiques moresques d'Alger ; au-dessus de la plupart de ces échoppes, un glorieux phallus de terre cuite colorié et l'inscription *hic habitat felicitas* témoignaient de précautions superstitieuses contre le mauvais œil ; Octavien remarqua même une boutique d'amulettes dont l'étalage était chargé de cornes, de branches de corail bifurquées, et de petits Priapes en or, comme on en trouve encore à Naples aujourd'hui, pour se préserver de la jettature, et il se dit qu'une superstition durait plus qu'une religion.

En suivant le trottoir qui borde chaque rue de Pompéi et enlève ainsi aux Anglais la confortabilité de cette invention, Octavien se trouva face à face avec un beau jeune homme, de son âge à peu près, vêtu d'une tunique couleur de safran, et drapé d'un manteau de fine laine blanche, souple comme du cachemire. La vue d'Octavien, coiffé de l'affreux chapeau moderne, sanglé dans une mesquine redingote noire, les jambes emprisonnées dans un pantalon, les pieds pincés par des bottes luisantes, parut surprendre le jeune Pompéien, comme nous étonnerait, sur le boulevard de Gand, un Ioway ou un Botocudo avec ses plumes, ses colliers de griffes d'ours et ses tatouages baroques. Cependant, comme c'était un jeune homme bien élevé, il n'éclata pas de rire au nez d'Octavien, et prenant en pitié ce pauvre barbare égaré dans cette ville gréco-romaine, il lui dit d'une voix accentuée et douce :

« *Advena, salve.* »

Rien n'était plus naturel qu'un habitant de Pompéi, sous le règne du divin empereur Titus, très puissant et très auguste, s'exprimât en latin, et pourtant Octavien tressaillit en entendant cette langue morte dans une bouche vivante. C'est alors qu'il se félicita d'avoir été fort en thème, et remporté des prix au concours général. Le latin enseigné par l'Université lui servit en cette occasion unique, et rappelant en lui ses souvenirs de classe, il répondit au salut du Pompéien en style de *De viris illustribus* et de *Selectæ è profanis*, d'une façon suffisamment intelligible, mais avec un accent parisien qui fit sourire le jeune homme.

« Il te sera peut-être plus facile de parler grec, dit le Pompéien ; je sais aussi cette langue, car j'ai fait mes études à Athènes.

— Je sais encore moins de grec que de latin, répondit Octavien ; je suis du pays des Gaulois, de Paris, de Lutèce.

— Je connais ce pays. Mon aïeul a fait la guerre dans les Gaules sous le grand Jules César. Mais quel étrange costume portes-tu ? Les Gaulois que j'ai vus à Rome n'étaient pas habillés ainsi. »

Octavien entreprit de faire comprendre au jeune Pompéien que vingt siècles s'étaient écoulés depuis la conquête de la Gaule par Jules César, et que la mode avait pu changer ; mais il y perdit son latin, et à vrai dire ce n'était pas grand-chose.

« Je me nomme Rufus Holconius, et ma maison est la tienne, dit le jeune homme ; à moins que tu ne préfères la liberté de la taverne : on est bien à l'auberge d'Albinus, près de la porte du faubourg d'Augustus Felix, et à l'hôtellerie de Sarinus, fils de Publius, près de la deuxième tour ; mais si tu veux, je te servirai de guide dans cette ville inconnue pour toi ; – tu me plais, jeune barbare, quoique tu aies essayé de te jouer de ma crédulité en prétendant que l'empereur Titus, qui règne aujourd'hui, était mort depuis deux mille ans, et que le Nazaréen, dont les infâmes sectateurs, enduits de poix, ont éclairé les jardins de Néron, trône seul en maître dans le ciel désert, d'où les grands dieux sont tombés. – Par Pollux ! ajouta-t-il en jetant les yeux sur une inscription rouge tracée à l'angle d'une rue, tu arrives à propos, l'on donne la *Casina* de Plaute, récemment remise au théâtre ; c'est une curieuse et bouffonne comédie qui t'amusera, n'en comprendrais-tu que la pantomime.

Suis-moi, c'est bientôt l'heure, je te ferai placer au banc des hôtes et des étrangers. »

Et Rufus Holconius se dirigea du côté du petit théâtre comique que les trois amis avaient visité dans la journée.

Le Français et le citoyen de Pompéi prirent les rues de la Fontaine d'Abondance, des Théâtres, longèrent le collège et le temple d'Isis, l'atelier du statuaire, et entrèrent dans l'Odéon ou théâtre comique par un vomitoire latéral. Grâce à la recommandation d'Holconius, Octavien fut placé près du proscenium, un endroit qui répondrait à nos baignoires d'avant-scène. Tous les regards se tournèrent aussitôt vers lui avec une curiosité bienveillante, et un léger susurrement courut dans l'amphithéâtre.

La pièce n'était pas encore commencée ; Octavien en profita pour regarder la salle. Les gradins demi-circulaires, terminés de chaque côté par une magnifique patte de lion sculptée en lave du Vésuve, partaient, en s'élargissant, d'un espace vide correspondant à notre parterre, mais beaucoup plus restreint, et pavé d'une mosaïque de marbres grecs ; un gradin plus large formait, de distance en distance, une zone distinctive, et quatre escaliers correspondant aux vomitoires et montant de la base au sommet de l'amphithéâtre, le divisaient en cinq coins plus larges du haut que du bas. Les spectateurs, munis de leurs billets, consistant en petites lames d'ivoire où étaient désignés, par leurs numéros d'ordre, la travée, le coin et le gradin, avec le titre de la pièce représentée et le nom de son auteur, arrivaient aisément à leurs places. Les magistrats, les nobles, les hommes mariés, les jeunes gens, les soldats, dont on voyait luire les casques de bronze, occupaient des rangs séparés. – C'était un spectacle admirable que ces belles toges et ces larges manteaux blancs bien drapés, s'étalant sur les premiers gradins et contrastant avec les parures variées des femmes, placées au-dessus, et les capes grises des gens du peuple, relégués aux bancs supérieurs, près des colonnes qui supportent le toit, et qui laissaient apercevoir, par leurs interstices, un ciel d'un bleu intense comme le champ d'azur d'une panathénée ; – une fine pluie d'eau, aromatisée de safran, tombait des frises en gouttelettes imperceptibles et parfumait l'air qu'elle rafraîchissait. Octavien pensa aux émanations fétides qui vicient l'atmosphère de nos théâtres, si incommodes qu'on peut les considérer comme des lieux de torture, et il trouva que la civilisation n'avait pas beaucoup marché.

Le rideau, soutenu par une poutre transversale, s'abîma dans les profondeurs de l'orchestre, les musiciens s'installèrent dans leur tribune, et le Prologue parut vêtu grotesquement et la tête coiffée d'un masque difforme, adapté comme un casque.

Le Prologue, après avoir salué l'assistance et demandé les applaudissements, commença une argumentation bouffonne. « Les vieilles pièces, disait-il, étaient comme le vin qui gagne avec les années, et la *Casina*, chère aux vieillards, ne devait pas moins l'être aux jeunes gens ; tous pouvaient y prendre plaisir : les uns parce qu'ils la connaissaient, les autres parce qu'ils ne la connaissaient pas. La pièce avait été, du reste, remise avec soin, et il fallait l'écouter l'âme libre de tout souci, sans penser à ses dettes, ni à ses créanciers, car on n'arrête pas au théâtre ; c'était un jour heureux, il faisait beau, et les alcyons planaient sur le forum. » Puis il fit une analyse de la comédie que les acteurs allaient représenter, avec un détail qui prouve que la surprise entrait pour peu de chose dans le plaisir que les anciens prenaient au théâtre ; il raconta comment le vieillard Stalino, amoureux de sa belle esclave Casina, veut la marier à son fermier Olympio, époux complaisant qu'il remplacera dans la nuit des noces ; et comment Lycostrata, la femme de Stalino, pour contrecarrer la luxure de son vicieux mari, veut unir Casina à l'écuyer Chalinus, dans l'idée de favoriser les amours de son fils ; enfin la manière dont Stalino, mystifié, prend un jeune esclave déguisé pour Casina, qui, reconnue libre et de naissance ingénue, épouse le jeune maître, qu'elle aime et dont elle est aimée.

Le jeune Français regardait distraitement les acteurs, avec leurs masques aux bouches de bronze, s'évertuer sur la scène ; les esclaves couraient çà et là pour simuler l'empressement ; le vieillard hochait la tête et tendait ses mains tremblantes ; la matrone, le verbe haut, l'air revêche et dédaigneux, se carrait dans son importance et querellait son mari, au grand amusement de la salle. – Tous ces personnages entraient et sortaient par trois portes pratiquées dans le mur du fond et communiquant au foyer des acteurs. – La maison de Stalino occupait un coin du théâtre, et celle de son vieil ami Alcésimus lui faisait face. Ces décorations, quoique très bien peintes, étaient plutôt représentatives de l'idée d'un lieu que du lieu lui-même, comme les coulisses vagues du théâtre classique.

Quand la pompe nuptiale conduisant la fausse Casina fit son entrée sur la scène, un immense éclat de rire, comme celui qu'Homère attribue aux dieux, circula sur tous les bancs de l'amphithéâtre, et des tonnerres d'applaudissements firent vibrer les échos de l'enceinte ; mais Octavien n'écoutait plus et ne regardait plus.

Dans la travée des femmes il venait d'apercevoir une créature d'une beauté merveilleuse. À dater de ce moment, les charmants visages qui avaient attiré son œil s'éclipsèrent comme les étoiles devant Phœbé ; tout s'évanouit, tout disparut comme dans un songe ; un brouillard estompa les gradins fourmillants de monde, et la voix criarde des acteurs semblait se perdre dans un éloignement infini.

Il avait reçu au cœur comme une commotion électrique, et il lui semblait qu'il jaillissait des étincelles de sa poitrine lorsque le regard de cette femme se tournait vers lui.

Elle était brune et pâle ; ses cheveux ondés et crespelés, noirs comme ceux de la Nuit, se relevaient légèrement vers les tempes à la mode grecque, et dans son visage d'un ton mat brillaient des yeux sombres et doux, chargés d'une indéfinissable expression de tristesse voluptueuse et d'ennui passionné ; sa bouche, dédaigneusement arquée à ses coins, protestait par l'ardeur vivace de sa pourpre enflammée contre la blancheur tranquille du masque ; son col présentait ces belles lignes pures qu'on ne retrouve à présent que dans les statues. Ses bras étaient nus jusqu'à l'épaule, et de la pointe de ses seins orgueilleux, soulevant sa tunique d'un rose mauve, partaient deux plis qu'on aurait pu croire fouillés dans le marbre par Phidias ou Cléomène.

La vue de cette gorge d'un contour si correct, d'une coupe si pure, troubla magnétiquement Octavien ; il lui sembla que ces rondeurs s'adaptaient parfaitement à l'empreinte en creux du musée de Naples, qui l'avait jeté dans une si ardente rêverie, et une voix lui cria au fond du cœur que cette femme était bien la femme étouffée par la cendre du Vésuve à la villa d'Arrius Diomèdes. Par quel prodige la voyait-il vivante, assistant à la représentation de la *Casina* de Plaute ? Il ne chercha pas à se l'expliquer ; d'ailleurs, comment était-il là lui-même ? Il accepta sa présence comme dans le rêve on admet l'intervention de personnes mortes depuis longtemps et qui agissent pourtant avec les apparences de la vie ; d'ailleurs son émotion ne lui permettait aucun raisonnement. Pour lui, la roue du temps était sortie de son ornière, et son désir vainqueur choisissait sa place parmi les siècles écoulés ! Il se trouvait face à face avec sa chimère, une des plus insaisissables, une chimère rétrospective. Sa vie se remplissait d'un seul coup.

En regardant cette tête si calme et si passionnée, si froide et si ardente, si morte et si vivace, il comprit qu'il avait devant lui son premier et son dernier amour, sa coupe d'ivresse suprême ; il sentit s'évanouir comme des ombres légères les souvenirs de toutes les femmes qu'il avait cru aimer, et son âme redevenir vierge de toute émotion antérieure. Le passé disparut.

Cependant la belle Pompéienne, le menton appuyé sur la paume de la main, lançait sur Octavien, tout en ayant l'air de s'occuper de la scène, le regard velouté de ses yeux nocturnes, et ce regard lui arrivait lourd et brûlant comme un jet de plomb fondu. Puis elle se pencha vers l'oreille d'une fille assise à son côté.

La représentation s'acheva ; la foule s'écoula par les vomitoires. Octavien, dédaignant les bons offices de son guide Holconius, s'élança par la première sortie qui s'offrit à ses pas. À peine eut-il atteint la porte, qu'une main se posa sur son bras et qu'une voix féminine lui dit d'un ton bas, mais de manière qu'il ne perdît pas un mot :

« Je suis Tyché Novoleja, commise aux plaisirs d'Arria Marcella, fille d'Arrius Diomèdes. Ma maîtresse vous aime, suivez-moi. »

Arria Marcella venait de monter dans sa litière portée par quatre forts esclaves syriens nus jusqu'à la ceinture et faisant miroiter au soleil leurs torses de bronze. Le rideau de la litière s'entrouvrit, et une main pâle, étoilée de bagues, fit un signe amical à Octavien,

Rends-moi le livre !

comme pour confirmer les paroles de la suivante. Le pli de pourpre retomba, et la litière s'éloigna au pas cadencé des esclaves.

Tyché fit passer Octavien par des chemins détournés, coupant les rues en posant légèrement le pied sur les pierres espacées qui relient les trottoirs et entre lesquelles roulent les roues des chars, et se dirigeant à travers le dédale avec la précision que donne la familiarité d'une ville. Octavien remarqua qu'il franchissait des quartiers de Pompéi que les fouilles n'ont pas découverts, et qui lui étaient en conséquence complètement inconnus. Cette circonstance étrange parmi tant d'autres ne l'étonna pas. Il était décidé à ne s'étonner de rien. Dans toute cette fantasmagorie archaïque, qui eût fait devenir un antiquaire fou de bonheur, il ne voyait plus que l'œil noir et profond d'Arria Marcella et cette gorge superbe victorieuse des siècles, et que la destruction même a voulu conserver.

Ils arrivèrent à une porte dérobée, qui s'ouvrit et se ferma aussitôt, et Octavien se trouva dans une cour entourée de colonnes de marbre grec d'ordre ionique peintes jusqu'à moitié de leur hauteur, d'un jaune vif, et le chapiteau relevé d'ornements rouges et bleus ; une guirlande d'aristoloche suspendait ses larges feuilles vertes en forme de cœur aux saillies de l'architecture comme une arabesque naturelle, et près d'un bassin encadré de plantes un flamant se tenait debout sur une patte, fleur de plume parmi les fleurs végétales.

Des panneaux de fresque représentant des architectures capricieuses ou des paysages de fantaisie décoraient les murailles. Octavien vit tous ces détails d'un coup d'œil rapide, car Tyché le remit aux mains des esclaves baigneurs qui firent subir à son impatience toutes les recherches des thermes antiques. Après avoir passé par les différents degrés de chaleur vaporisée, supporté le racloir du strigillaire, senti ruisseler sur lui les cosmétiques et les huiles parfumées, il fut revêtu d'une tunique blanche, et retrouva à l'autre porte Tyché, qui lui prit la main et le conduisit dans une autre salle extrêmement ornée.

Sur le plafond étaient peints, avec une pureté de dessin, un éclat de coloris et une liberté de touche qui sentaient le grand maître et non plus le simple décorateur à l'adresse vulgaire, Mars, Vénus et l'Amour ; une frise composée de cerfs, de lièvres et d'oiseaux se jouant parmi les feuillages régnait au-dessus d'un revêtement de marbre cipolin ; la mosaïque du pavé, travail merveilleux dû peut-être à Sosimus de Pergame, représentait des reliefs de festin exécutés avec un art qui faisait illusion.

Au fond de la salle, sur un biclinium ou lit à deux places, était accoudée Arria Marcella dans une pose voluptueuse et sereine qui rappelait la femme couchée de Phidias sur le fronton du Parthénon ; ses chaussures, brodées de perles, gisaient au bas du lit, et son beau pied nu, plus pur et plus blanc que le marbre, s'allongeait au bout d'une légère couverture de byssus jetée sur elle.

Deux boucles d'oreilles faites en forme de balance et portant des perles sur chaque plateau tremblaient dans la lumière au long de ses joues pâles ; un collier de boules d'or, soutenant des grains allongés en poire, circulait sur sa poitrine laissée à demi découverte par le pli négligé d'un peplum de couleur paille bordé d'une grecque noire ; une bandelette noir et or passait et luisait par place dans ses cheveux d'ébène, car elle avait changé de costume en revenant du théâtre ; et autour de son bras, comme l'aspic autour du bras de Cléopâtre, un serpent d'or, aux yeux de pierreries, s'enroulait à plusieurs reprises et cherchait à se mordre la queue.

Une petite table à pieds de griffon, incrustée de nacre, d'argent et d'ivoire, était dressée près du lit à deux places, chargée de différents mets servis dans des plats d'argent et d'or ou de terre émaillée de peintures précieuses. On y voyait un oiseau du Phase couché dans ses plumes, et divers fruits que leurs saisons empêchent de se rencontrer ensemble.

Tout paraissait indiquer qu'on attendait un hôte : des fleurs fraîches jonchaient le sol, et les amphores de vin étaient plongées dans des urnes pleines de neige.

Arria Marcella fit signe à Octavien de s'étendre à côté d'elle sur le biclinium et de prendre part au repas ; – le jeune homme, à demi fou de surprise et d'amour, prit au hasard quelques bouchées sur les plats que lui tendaient de petits esclaves asiatiques aux cheveux frisés, à la courte tunique. Arria ne mangeait pas, mais elle portait souvent à ses lèvres un vase myrrhin aux teintes opalines rempli d'un vin d'une pourpre sombre comme du sang figé ; à mesure qu'elle buvait, une imperceptible vapeur rose montait à ses joues pâles, de son cœur qui n'avait pas battu depuis tant d'années ; cependant son bras nu, qu'Octavien effleura en soulevant sa coupe, était froid comme la peau d'un serpent ou le marbre d'une tombe.

« Oh ! lorsque tu t'es arrêté aux Studj à contempler le morceau de boue durcie qui conserve ma forme, dit Arria Marcella en tournant son long regard humide vers Octavien, et que ta pensée s'est élancée ardemment vers moi, mon âme l'a senti dans ce monde où je flotte invisible pour les yeux grossiers ; la croyance fait le dieu, et l'amour fait la femme. On n'est véritablement morte que quand on n'est plus aimée, ton désir m'a rendu la vie, la puissante évocation de ton cœur a supprimé les distances qui nous séparaient. »

L'idée d'évocation amoureuse qu'exprimait la jeune femme rentrait dans les croyances philosophiques d'Octavien, croyances que nous ne sommes pas loin de partager.

En effet, rien ne meurt, tout existe toujours ; nulle force ne peut anéantir ce qui fut une fois. Toute action, toute parole, toute forme, toute pensée tombée dans l'océan universel des choses y produit des cercles qui vont s'élargissant jusqu'aux confins de l'éternité. La figuration matérielle ne disparaît que pour les regards vulgaires, et les spectres qui s'en détachent peuplent l'infini. Pâris continue d'enlever Hélène dans une région inconnue de l'espace. La galère de Cléopâtre gonfle ses voiles de soie sur l'azur d'un Cydnus idéal. Quelques esprits passionnés et puissants ont pu amener à eux des siècles écoulés en apparence, et faire revivre des personnages morts pour tous. Faust a eu pour maîtresse la fille de Tyndare et l'a conduite à son château gothique, du fond des abîmes mystérieux de l'Hadès. Octavien venait de vivre un jour sous le règne de Titus et de se faire aimer d'Arria Marcella, fille d'Arrius Diomèdes, couchée en ce moment près de lui sur un lit antique dans une ville détruite pour tout le monde.

« À mon dégoût des autres femmes, répondit Octavien, à la rêverie invincible qui m'entraînait vers ses types radieux au fond des siècles comme des étoiles provocatrices, je comprenais que je n'aimerais jamais que hors du temps et de l'espace. C'était toi que j'attendais, et ce frêle vestige conservé par la curiosité des hommes m'a par son secret magnétisme mis en rapport avec ton âme. Je ne sais si tu es un rêve ou une réalité, un fantôme ou une femme, si comme Ixion je serre un nuage sur ma poitrine abusée, si je suis le jouet d'un vil prestige de sorcellerie, mais ce que je sais bien, c'est que tu seras mon premier et mon dernier amour.

— Qu'Éros, fils d'Aphrodite, entende ta promesse, dit Arria Marcella en inclinant sa tête sur l'épaule de son amant qui la souleva avec une étreinte passionnée. Oh ! serre-moi sur ta jeune poitrine, enveloppe-moi de ta tiède haleine, j'ai froid d'être restée si longtemps sans amour. » Et contre son cœur Octavien sentait s'élever et s'abaisser ce beau sein, dont le matin même il admirait le moule à travers la vitre d'une armoire de musée ; la fraîcheur de cette belle chair le pénétrait à travers sa tunique et le faisait brûler. La bandelette or et noir s'était détachée de la tête d'Arria passionnément renversée, et ses cheveux se répandaient comme un fleuve noir sur l'oreiller bleu.

Les esclaves avaient emporté la table. On n'entendit plus qu'un bruit confus de baisers et de soupirs. Les cailles familières, insouciantes de cette scène amoureuse, picoraient sur le pavé mosaïque les miettes du festin en poussant de petits cris.

Tout à coup les anneaux d'airain de la portière qui fermait la chambre glissèrent sur leur tringle, et un vieillard d'aspect sévère et drapé dans un ample manteau brun parut sur le seuil. Sa barbe grise était séparée en deux pointes comme celle des Nazaréens, son visage semblait sillonné par la fatigue des macérations : une petite croix de bois noir pendait à son col et ne laissait aucun doute sur sa croyance : il appartenait à la secte, toute récente alors, des disciples du Christ.

À son aspect, Arria Marcella, éperdue de confusion, cacha sa figure sous un pli de son manteau, comme un oiseau qui met la tête sous son aile en face d'un ennemi qu'il ne peut éviter, pour s'épargner au moins l'horreur de le voir ; tandis qu'Octavien, appuyé sur son coude, regardait avec fixité le personnage fâcheux qui entrait ainsi brusquement dans son bonheur.

« Arria, Arria, dit le personnage austère d'un ton de reproche, le temps de ta vie n'a-t-il pas suffi à tes déportements, et faut-il que tes infâmes amours empiètent sur les siècles qui ne t'appartiennent pas ? Ne peux-tu laisser les vivants dans leur sphère ? ta cendre n'est donc pas encore refroidie depuis le jour où tu mourus sans repentir sous la pluie de feu du volcan ? Deux mille ans de mort ne t'ont donc pas calmée, et tes bras voraces attirent sur ta poitrine de marbre, vide de cœur, les pauvres insensés enivrés par tes philtres.

— Arrius, grâce, mon père, ne m'accablez pas, au nom de cette religion morose qui ne fut jamais la mienne ; moi, je crois à nos anciens dieux qui aimaient la vie, la jeunesse, la beauté, le plaisir ; ne me replongez pas dans le pâle néant. Laissez-moi jouir de cette existence que l'amour m'a rendue.

— Tais-toi, impie, ne me parle pas de tes dieux qui sont des démons. Laisse aller cet homme enchaîné par tes impures séductions ; ne l'attire plus hors du cercle de sa vie que Dieu a mesurée ; retourne dans les limbes du paganisme avec tes amants asiatiques, romains ou grecs. Jeune chrétien, abandonne cette larve qui te semblerait plus hideuse qu'Empouse et Phorkyas, si tu la pouvais voir telle qu'elle est. »

Octavien, pâle, glacé d'horreur, voulut parler ; mais sa voix resta attachée à son gosier, selon l'expression virgilienne.

« M'obéiras-tu, Arria ? s'écria impérieusement le grand vieillard.

— Non, jamais », répondit Arria, les yeux étincelants, les narines dilatées, les lèvres frémissantes, en entourant le corps d'Octavien de ses beaux bras de statue, froids, durs et rigides comme le marbre. Sa beauté furieuse, exaspérée par la lutte, rayonnait avec un éclat surnaturel à ce moment suprême, comme pour laisser à son jeune amant un inéluctable souvenir.

« Allons, malheureuse, reprit le vieillard, il faut employer les grands moyens, et rendre ton néant palpable et visible à cet enfant fasciné », et il prononça d'une voix pleine de commandement une formule d'exorcisme qui fit tomber des joues d'Arria les teintes pourprées que le vin noir du vase myrrhin y avait fait monter.

En ce moment, la cloche lointaine d'un des villages qui bordent la mer ou des hameaux perdus dans les plis de la montagne fit entendre les premières volées de la Salutation angélique.

À ce son, un soupir d'agonie sortit de la poitrine brisée de la jeune femme. Octavien sentit se desserrer les bras qui l'entouraient ; les draperies qui la couvraient se replièrent sur elles-mêmes, comme si les contours qui les soutenaient se fussent affaissés, et le malheureux promeneur nocturne ne vit plus à côté de lui, sur le lit du festin, qu'une pincée de cendres mêlée de quelques ossements calcinés parmi lesquels brillaient des bracelets et des bijoux d'or, et que des restes informes, tels qu'on les dut découvrir en déblayant la maison d'Arrius Diomèdes.

Il poussa un cri terrible et perdit connaissance.

Le vieillard avait disparu. Le soleil se levait, et la salle ornée tout à l'heure avec tant d'éclat n'était plus qu'une ruine démantelée.

Après avoir dormi d'un sommeil appesanti par les libations de la veille, Max et Fabio se réveillèrent en sursaut, et leur premier soin fut d'appeler leur compagnon, dont la chambre était voisine de la leur, par un de ces cris de ralliement burlesques dont on convient quelquefois en voyage ; Octavien ne répondit pas, pour de bonnes raisons. Fabio et Max, ne recevant pas de réponse, entrèrent dans la chambre de leur ami, et virent que le lit n'avait pas été défait.

« Il se sera endormi sur quelque chaise, dit Fabio, sans pouvoir gagner sa couchette ; car il n'a pas la tête forte, ce cher Octavien ; et il sera sorti de bonne heure pour dissiper les fumées du vin à la fraîcheur matinale.

— Pourtant il n'avait guère bu, ajouta Max par manière de réflexion. Tout ceci me semble assez étrange. Allons à sa recherche. »

Les deux amis, aidés du cicerone, parcoururent toutes les rues, carrefours, places et ruelles de Pompéi, entrèrent dans toutes les maisons curieuses où ils supposèrent qu'Octavien pouvait être occupé à copier une peinture ou à relever une inscription, et finirent par le trouver évanoui sur la mosaïque disjointe d'une petite chambre à demi écroulée. Ils eurent beaucoup de peine à le faire revenir à lui, et quand il eut repris connaissance, il ne donna pas d'autre explication, sinon qu'il avait eu la fantaisie de voir Pompéi au clair de la lune, et qu'il avait été pris d'une syncope qui, sans doute, n'aurait pas de suite.

La petite bande retourna à Naples par le chemin de fer, comme elle était venue, et le soir, dans leur loge, à San Carlo, Max et Fabio regardaient à grand renfort de jumelles sautiller dans un ballet, sur les traces d'Amalia Ferraris, la danseuse alors en vogue, un essaim de nymphes culottées, sous leurs jupes de gaze, d'un affreux caleçon vert monstre qui les faisait ressembler à des grenouilles piquées de la tarentule. Octavien, pâle, les yeux troubles, le maintien accablé, ne paraissait pas se douter de ce qui se passait sur la scène, tant, après les merveilleuses aventures de la nuit, il avait peine à reprendre le sentiment de la vie réelle.

À dater de cette visite à Pompéi, Octavien fut en proie à une mélancolie morne, que la bonne humeur et les plaisanteries de ses compagnons aggravaient plutôt qu'ils ne le soulageaient ; l'image d'Arria Marcella le poursuivait toujours, et le triste dénouement de sa bonne fortune fantastique n'en détruisait pas le charme.

N'y pouvant plus tenir, il retourna secrètement à Pompéi et se promena, comme la première fois, dans les ruines, au clair de lune, le cœur palpitant d'un espoir insensé, mais l'hallucination ne se renouvela pas ; il ne vit que des lézards fuyant sur les pierres ; il n'entendit que des piaulements d'oiseaux de nuit effrayés ; il ne rencontra plus son ami Rufus Holconius ; Tyché ne vint pas lui mettre sa main fluette sur le bras ; Arria Marcella resta obstinément dans la poussière.

En désespoir de cause, Octavien s'est marié dernièrement à une jeune et charmante Anglaise, qui est folle de lui. Il est parfait pour sa femme ; cependant Ellen, avec cet instinct du cœur que rien ne trompe, sent que son mari est amoureux d'une autre ; mais de qui ? C'est ce que l'espionnage le plus actif n'a pu lui apprendre. Octavien n'entretient pas de danseuse ; dans le monde, il n'adresse aux femmes que des galanteries banales ; il a même répondu très froidement aux avances marquées d'une princesse russe, célèbre par sa beauté et sa coquetterie. Un tiroir secret, ouvert pendant l'absence de son mari, n'a fourni aucune preuve d'infidélité aux soupçons d'Ellen. – Mais comment pourrait-elle s'aviser d'être jalouse de Marcella, fille d'Arrius Diomèdes, affranchi de Tibère ?

Le pied de momie

Théophile Gautier

J'étais entré par désœuvrement chez un de ces marchands de curiosités dits marchands de bric-à-brac dans l'argot parisien, si parfaitement inintelligible pour le reste de la Rance.

Vous avez sans doute jeté l'œil, à travers le carreau, dans quelques-unes de ces boutiques devenues si nombreuses depuis qu'il est de mode d'acheter des meubles anciens, et que le moindre agent de change se croit obligé d'avoir sa chambre Moyen Âge.

C'est quelque chose qui tient à la fois de la boutique du ferrailleur, du magasin du tapissier, du laboratoire de l'alchimiste et de l'atelier du peintre ; dans ces antres mystérieux où les volets filtrent un prudent demi-jour, ce qu'il y a de plus notoirement ancien, c'est la poussière ; les toiles d'araignées y sont plus authentiques que les guipures, et le vieux poirier y est plus jeune que l'acajou arrivé hier d'Amérique.

Le magasin de mon marchand de bric-à-brac était un véritable capharnaüm ; tous les siècles et tous les pays semblaient s'y être donné rendez-vous ; une lampe étrusque de terre rouge posait sur une armoire de Boule, aux panneaux d'ébène sévèrement rayés de filaments de cuivre ; une duchesse du temps de Louis XV allongeait nonchalamment ses pieds de biche sous une épaisse table du règne de Louis XIII, aux lourdes spirales de bois de chêne, aux sculptures entremêlées de feuillages et de chimères.

Une armure damasquinée de Milan faisait miroiter dans un coin le ventre rubané de sa cuirasse ; des amours et des nymphes de biscuit, des magots de la Chine, des cornets de céladon et de craquelé, des tasses de Saxe et de vieux Sèvres encombraient les étagères et les encoignures.

Sur les tablettes denticulées des dressoirs, rayonnaient d'immenses plats du Japon, aux dessins rouges et bleus, relevés de hachures d'or, côte à côte avec des émaux de Bernard Palissy, représentant des couleuvres, des grenouilles et des lézards en relief.

Des armoires éventrées s'échappaient des cascades de lampas glacé d'argent, des flots de brocatelle criblée de grains lumineux par un oblique rayon de soleil ; des portraits de toutes les époques souriaient à travers leur vernis jaune dans des cadres plus ou moins fanés.

Le marchand me suivait avec précaution dans le tortueux passage pratiqué entre les piles de meubles, abattant de la main l'essor hasardeux des basques de mon habit, surveillant mes coudes avec l'attention inquiète de l'antiquaire et de l'usurier.

C'était une singulière figure que celle du marchand : un crâne immense, poli comme un genou, entouré d'une maigre auréole de cheveux blancs que faisait ressortir plus vivement le ton saumon clair de la peau, lui donnait un faux air de bonhomie patriarcale, corrigée, du reste, par le scintillement de deux petits yeux jaunes qui tremblotaient dans leur orbite comme deux louis d'or sur du vif-argent. La courbure du nez avait une silhouette aquiline qui rappelait le type oriental ou juif. Ses mains, maigres, fluettes, veinées, pleines de nerfs en saillie comme les cordes d'un manche à violon, onglées de griffes semblables à celles qui terminent les ailes membraneuses des chauves-souris, avaient un mouvement d'oscillation sénile, inquiétant à voir ; mais ces mains agitées de tics fiévreux devenaient plus fermes que des tenailles d'acier ou des pinces de homard dès qu'elles soulevaient quelque objet précieux, une coupe d'onyx, un verre de Venise ou un plateau de cristal de Bohême ; ce vieux drôle avait un air si profondément rabbinique et cabalistique qu'on l'eût brûlé sur la mine, il y a trois siècles.

« Ne m'achèterez-vous rien aujourd'hui, monsieur ? Voilà un kriss malais dont la lame ondule comme une flamme ; regardez ces rainures pour égoutter le sang, ces dentelures pratiquées en sens inverse pour arracher les entrailles en retirant le poignard ; c'est une arme féroce, d'un beau caractère et qui ferait très bien dans votre trophée ; cette épée à deux mains est très belle, elle est de Josepe de la Hera, et cette cauchelimarde à coquille fenestrée, quel superbe travail !

— Non, j'ai assez d'armes et d'instruments de carnage ; je voudrais une figurine, un objet quelconque qui pût me servir de serre-papiers, car je ne puis souffrir tous ces bronzes de pacotille que vendent les papetiers, et qu'on retrouve invariablement sur tous les bureaux. »

Le vieux gnome, furetant dans ses vieilleries, étala devant moi des bronzes antiques ou soi-disant tels, des morceaux de malachite, de petites idoles hindoues ou chinoises, espèce de poussahs de jade, incarnation de Brahma ou de Vishnou merveilleusement propre à cet usage, assez peu divin, de tenir en place des journaux et des lettres.

J'hésitais entre un dragon de porcelaine tout constellé de verrues, la gueule ornée de crocs et de barbelures, et un petit fétiche mexicain fort abominable, représentant au naturel le dieu Witziliputzili, quand j'aperçus un pied charmant que je pris d'abord pour un fragment de Vénus antique.

Il avait ces belles teintes fauves et rousses qui donnent au bronze florentin cet aspect chaud et vivace, si préférable au ton vert-de-grisé des bronzes ordinaires qu'on prendrait volontiers pour des statues en putréfaction : des luisants satinés frissonnaient sur ses formes rondes et polies par les baisers amoureux de vingt siècles ; car ce devait être un airain de Corinthe, un ouvrage du meilleur temps, peut-être une fonte de Lysippe !

« Ce pied fera mon affaire », dis-je au marchand, qui me regarda d'un air ironique et sournois en me tendant l'objet demandé pour que je pusse l'examiner plus à mon aise.

Je fus surpris de sa légèreté ; ce n'était pas un pied de métal, mais bien un pied de chair, un pied embaumé, un pied de momie : en regardant de près, l'on pouvait distinguer le grain de la peau et la gaufrure presque imperceptible imprimée par la trame des bandelettes. Les doigts étaient fins, délicats, terminés par des ongles parfaits, purs et transparents comme des agates ; le pouce, un peu séparé, contrariait heureusement le plan des autres doigts à la manière antique, et lui donnait une attitude dégagée, une sveltesse de pied d'oiseau ; la plante, à peine rayée de quelques hachures invisibles, montrait qu'elle n'avait jamais touché la terre, et ne s'était trouvée en contact qu'avec les plus fines nattes des roseaux du Nil et les plus moelleux tapis de peaux de panthères.

« Ha ! ha ! vous voulez le pied de la princesse Hermonthis, dit le marchand avec un ricanement étrange, en fixant sur moi ses yeux de hibou : ha ! ha ! ha ! pour un serre-papiers ! idée originale, idée d'artiste ; qui aurait dit au vieux Pharaon que le pied de sa fille adorée servirait de serre-papiers l'aurait bien surpris, lorsqu'il faisait creuser une montagne de granit pour y mettre le triple cercueil peint et doré, tout couvert d'hiéroglyphes avec de belles peintures du jugement des âmes, ajouta à demi-voix et comme se parlant à lui-même le petit marchand singulier.

— Combien me vendez-vous ce fragment de momie ?

— Ah ! le plus cher que je pourrai, car c'est un morceau superbe ; si j'avais le pendant, vous ne l'auriez pas à moins de cinq cents francs : la fille d'un Pharaon, rien n'est plus rare.

— Assurément cela n'est pas commun ; mais enfin combien en voulez-vous ? D'abord je vous avertis d'une chose, c'est que je ne possède pour trésor que cinq louis ; – j'achèterai tout ce qui coûtera cinq louis, mais rien de plus.

« Vous scruteriez les arrière-poches de mes gilets, et mes tiroirs les plus intimes, que vous n'y trouveriez pas seulement un misérable tigre à cinq griffes.

— Cinq louis le pied de la princesse Hermonthis, c'est bien peu, très peu en vérité, un pied authentique, dit le marchand en hochant la tête et en imprimant à ses prunelles un mouvement rotatoire.

« Allons, prenez-le, et je vous donne l'enveloppe par-dessus le marché, ajouta-t-il en le roulant dans un vieux lambeau de damas ; très beau, damas véritable, damas des Indes, qui n'a jamais été reteint ; c'est fort, c'est moelleux », marmottait-il en promenant ses doigts sur le tissu éraillé par un reste d'habitude commerciale qui lui faisait vanter un objet de si peu de valeur qu'il le jugeait lui-même digne d'être donné.

Il coula les pièces d'or dans une espèce d'aumônière du Moyen Âge pendant à sa ceinture, en répétant :

« Le pied de la princesse Hermonthis servir de serre-papiers ! »

Puis, arrêtant sur moi ses prunelles phosphoriques, il me dit avec une voix stridente comme le miaulement d'un chat qui vient d'avaler une arête :

« Le vieux Pharaon ne sera pas content, il aimait sa fille, ce cher homme.

— Vous en parlez comme si vous étiez son contemporain ; quoique vieux, vous ne remontez cependant pas aux pyramides d'Égypte », lui répondis-je en riant du seuil de la boutique.

Je rentrai chez moi fort content de mon acquisition.

Pour la mettre tout de suite à profit, je posai le pied de la divine princesse Hermonthis sur une liasse de papiers, ébauche de vers, mosaïque indéchiffrable de ratures : articles commencés, lettres oubliées et mises à la poste dans le tiroir, erreur qui arrive souvent aux gens distraits ; l'effet était charmant, bizarre et romantique.

Très satisfait de cet embellissement, je descendis dans la rue, et j'allai me promener avec la gravité convenable et la fierté d'un homme qui a sur tous les passants qu'il coudoie l'avantage ineffable de posséder un morceau de la princesse Hermonthis, fille de Pharaon.

Je trouvai souverainement ridicules tous ceux qui ne possédaient pas, comme moi, un serre-papiers aussi notoirement égyptien ; et la vraie occupation d'un homme sensé me paraissait d'avoir un pied de momie sur son bureau.

Heureusement la rencontre de quelques amis vint me distraire de mon engouement de récent acquéreur ; je m'en allai dîner avec eux, car il m'eût été difficile de dîner avec moi.

Quand je revins le soir, le cerveau marbré de quelques veines de gris de perle, une vague bouffée de parfum oriental me chatouilla délicatement l'appareil olfactif ; la chaleur de la chambre avait attiédi le natrum, le bitume et la myrrhe dans lesquels les paraschites inciseurs de cadavres avaient baigné le corps de la princesse ; c'était un parfum doux quoique pénétrant, un parfum que quatre mille ans n'avaient pu faire évaporer.

Le rêve de l'Égypte était l'éternité : ses odeurs ont la solidité du granit, et durent autant.

Je bus bientôt à pleines gorgées dans la coupe noire du sommeil ; pendant une heure ou deux tout resta opaque, l'oubli et le néant m'inondaient de leurs vagues sombres.

Cependant mon obscurité intellectuelle s'éclaira, les songes commencèrent à m'effleurer de leur vol silencieux.

Les yeux de mon âme s'ouvrirent, et je vis ma chambre telle qu'elle était effectivement : j'aurais pu me croire éveillé, mais une vague perception me disait que je dormais et qu'il allait se passer quelque chose de bizarre.

L'odeur de la myrrhe avait augmenté d'intensité, et je sentais un léger mal de tête que j'attribuais fort raisonnablement à quelques verres de vin de Champagne que nous avions bus aux dieux inconnus et à nos succès futurs.

Je regardais dans ma chambre avec un sentiment d'attente que rien ne justifiait ; les meubles étaient parfaitement en place, la lampe brûlait sur la console, doucement estampée par la blancheur laiteuse de son globe de cristal dépoli ; les aquarelles miroitaient sous leur verre de Bohême ; les rideaux pendaient languissamment : tout avait l'air endormi et tranquille.

Cependant, au bout de quelques instants, cet intérieur si calme parut se troubler, les boiseries craquaient furtivement ; la bûche enfouie sous la cendre lançait tout à coup un jet de gaz bleu, et les disques des patères semblaient des yeux de métal attentifs comme moi aux choses qui allaient se passer.

Ma vue se porta par hasard vers la table sur laquelle j'avais posé le pied de la princesse Hermonthis.

Au lieu d'être immobile comme il convient à un pied embaumé depuis quatre mille ans, il s'agitait, se contractait et sautillait sur les papiers comme une grenouille effarée : on l'aurait cru en contact avec une pile voltaïque ; j'entendais fort distinctement le bruit sec que produisait son petit talon, dur comme un sabot de gazelle.

J'étais assez mécontent de mon acquisition, aimant les serre-papiers sédentaires et trouvant peu naturel de voir les pieds se promener sans jambes, et je commençais à éprouver quelque chose qui ressemblait fort à de la frayeur.

Tout à coup je vis remuer le pli d'un de mes rideaux, et j'entendis un piétinement comme d'une personne qui sauterait à cloche-pied. Je dois avouer que j'eus chaud et froid alternativement ; que je sentis un vent inconnu me souffler dans le dos, et que mes cheveux firent sauter, en se redressant, ma coiffure de nuit à deux ou trois pas.

Les rideaux s'entrouvrirent, et je vis s'avancer la figure la plus étrange qu'on puisse imaginer.

C'était une jeune fille, café au lait très foncé, comme la bayadère Amani, d'une beauté parfaite et rappelant le type égyptien le plus pur ; elle avait des yeux taillés en amande avec des coins relevés et des sourcils tellement noirs qu'ils paraissaient bleus, son nez était d'une coupe délicate, presque grecque pour la finesse, et l'on aurait pu la prendre pour une statue de bronze de Corinthe, si la proéminence des pommettes et l'épanouissement un peu africain de la bouche n'eussent fait reconnaître, à n'en pas douter, la race hiéroglyphique des bords du Nil.

Ses bras minces et tournés en fuseau, comme ceux des très jeunes filles, étaient cerclés d'espèces d'emprises de métal et de tours de verroterie ; ses cheveux étaient nattés en cordelettes, et sur sa poitrine pendait une idole en pâte verte que son fouet à sept branches faisait reconnaître pour l'Isis, conductrice des âmes ; une plaque d'or scintillait à son front, et quelques traces de fard perçaient sous les teintes de cuivre de ses joues.

Quant à son costume, il était très étrange.

Figurez-vous un pagne de bandelettes chamarrées d'hiéroglyphes noirs et rouges, empesées de bitume et qui semblaient appartenir à une momie fraîchement démaillotée.

Par un de ces sauts de pensée si fréquents dans les rêves, j'entendis la voix fausse et enrouée du marchand de bric-à-brac, qui répétait, comme un refrain monotone, la phrase qu'il avait dite dans sa boutique avec une intonation si énigmatique :

« Le vieux Pharaon ne sera pas content ; il aimait beaucoup sa fille, ce cher homme. »

Particularité étrange et qui ne me rassura guère, l'apparition n'avait qu'un seul pied, l'autre jambe était rompue à la cheville.

Elle se dirigea vers la table où le pied de momie s'agitait et frétillait avec un redoublement de vitesse. Arrivée là, elle s'appuya sur le rebord, et je vis une larme germer et perler dans ses yeux.

Quoiqu'elle ne parlât pas, je discernais clairement sa pensée : elle regardait le pied, car c'était bien le sien, avec une expression de tristesse coquette d'une grâce infinie ; mais le pied sautait et courait çà et là comme s'il eût été poussé par des ressorts d'acier.

Deux ou trois fois elle étendit sa main pour le saisir, mais elle n'y réussit pas.

Alors il s'établit entre la princesse Hermonthis et son pied, qui paraissait doué d'une vie à part, un dialogue très bizarre dans un copte très ancien, tel qu'on pouvait le parler, il y a une trentaine de siècles, dans les syringes du pays de Ser : heureusement que cette nuit-là je savais le copte en perfection.

La princesse Hermonthis disait d'un ton de voix doux et vibrant comme une clochette de cristal :

« Eh bien ! mon cher petit pied, vous me fuyez toujours, j'avais pourtant bien soin de vous. Je vous baignais d'eau parfumée, dans un bassin d'albâtre ; je polissais votre talon avec la pierre-ponce trempée d'huile de palmes, vos ongles étaient coupés avec des pinces d'or et polis avec de la dent d'hippopotame, j'avais soin de choisir pour vous des thabebs brodés et peints à pointes recourbées, qui faisaient l'envie de toutes les jeunes filles de l'Égypte ; vous aviez à votre orteil des bagues représentant le scarabée sacré, et vous portiez un des corps les plus légers que puisse souhaiter un pied paresseux. »

Le pied répondit d'un ton boudeur et chagrin :

« Vous savez bien que je ne m'appartiens plus, j'ai été acheté et payé ; le vieux marchand savait bien ce qu'il faisait, il vous en veut toujours d'avoir refusé de l'épouser : c'est un tour qu'il vous a joué.

« L'Arabe qui a forcé votre cercueil royal dans le puits souterrain de la nécropole de Thèbes était envoyé par lui, il voulait vous empêcher d'aller à la réunion des peuples ténébreux, dans les cités inférieures. Avez-vous cinq pièces d'or pour me racheter ?

— Hélas ! non. Mes pierreries, mes anneaux, mes

bourses d'or et d'argent, tout m'a été volé, répondit la princesse Hermonthis avec un soupir.

— Princesse, m'écriai-je alors, je n'ai jamais retenu injustement le pied de personne : bien que vous n'ayez pas les cinq louis qu'il m'a coûtés, je vous le rends de bonne grâce ; je serais désespéré de rendre boiteuse une aussi aimable personne que la princesse Hermonthis.

Je débitai ce discours d'un ton Régence et troubadour qui dut surprendre la belle Égyptienne.

Elle tourna vers moi un regard chargé de reconnaissance, et ses yeux s'illuminèrent de lueurs bleuâtres.

Elle prit son pied, qui, cette fois, se laissa faire, comme une femme qui va mettre son brodequin, et l'ajusta à sa jambe avec beaucoup d'adresse.

Cette opération terminée, elle fit deux ou trois pas dans la chambre, comme pour s'assurer qu'elle n'était réellement plus boiteuse.

« Ah ! comme mon père va être content, lui qui était si désolé de ma mutilation, et qui avait, dès le jour de ma naissance, mis un peuple tout entier à l'ouvrage pour me creuser un tombeau si profond qu'il pût me conserver intacte jusqu'au jour suprême où les âmes doivent être pesées dans les balances de l'Amenthi.

« Venez avec moi chez mon père, il vous recevra bien, vous m'avez rendu mon pied. »

Je trouvai cette proposition toute naturelle ; j'endossai une robe de chambre à grands ramages, qui me donnait un air très pharaonesque ; je chaussai à la hâte des babouches turques, et je dis à la princesse Hermonthis que j'étais prêt à la suivre.

Hermonthis, avant de partir, détacha de son col la petite figurine de pâte verte et la posa sur les feuilles éparses qui couvraient la table.

« Il est bien juste, dit-elle en souriant, que je remplace votre serre-papiers. »

Elle me tendit sa main, qui était douce et froide comme une peau de couleuvre, et nous partîmes.

Nous filâmes pendant quelque temps avec la rapidité de la flèche dans un milieu fluide et grisâtre, où des silhouettes à peine ébauchées passaient à droite et à gauche.

Un instant, nous ne vîmes que l'eau et le ciel.

Quelques minutes après, des obélisques commencèrent à pointer, des pylônes, des rampes côtoyées de sphinx se dessinèrent à l'horizon.

Nous étions arrivés.

La princesse me conduisit devant une montagne de granit rose, où se trouvait une ouverture étroite et basse qu'il eût été difficile de distinguer des fissures de la pierre si deux stèles bariolées de sculptures ne l'eussent fait reconnaître.

Hermonthis alluma une torche et se mit à marcher devant moi.

C'étaient des corridors taillés dans le roc vif ; les murs, couverts de panneaux d'hiéroglyphes et de processions allégoriques, avaient dû occuper des milliers de bras pendant des milliers d'années ; ces corridors, d'une longueur interminable, aboutissaient à des chambres carrées, au milieu desquelles étaient pratiqués des puits, où nous descendions au moyen de crampons ou d'escaliers en spirale ; ces puits nous conduisaient dans d'autres chambres, d'où partaient d'autres corridors également bigarrés d'éperviers, de serpents roulés en cercle, de tau, de pedum, de bari mystiques, prodigieux travail que nul œil humain vivant ne devait voir, interminables légendes de granit que les morts avaient seuls le temps de lire pendant l'éternité.

Enfin, nous débouchâmes dans une salle si vaste, si énorme, si démesurée, que l'on ne pouvait en apercevoir les bornes ; à perte de vue s'étendaient des files de colonnes monstrueuses entre lesquelles tremblotaient de livides étoiles de lumière jaune : ces points brillants révélaient des profondeurs incalculables.

La princesse Hermonthis me tenait toujours par la main et saluait gracieusement les momies de sa connaissance.

Mes yeux s'accoutumaient à ce demi-jour crépusculaire, et commençaient à discerner les objets.

Je vis, assis sur des trônes, les rois des races souterraines : c'étaient de grands vieillards secs, ridés, parcheminés, noirs de naphte et de bitume, coiffés de pschents d'or, bardés de pectoraux et de hausse-cols, constellés de pierreries avec des yeux d'une fixité de sphinx et de longues barbes blanchies par la neige des siècles : derrière eux, leurs peuples embaumés se tenaient debout dans les poses roides et contraintes de l'art égyptien, gardant éternellement l'attitude prescrite par le codex hiératique ; derrière les peuples miaulaient, battaient de l'aile et ricanaient les chats, les ibis et les crocodiles contemporains, rendus plus monstrueux encore par leur emmaillotage de bandelettes.

Tous les Pharaons étaient là, Chéops, Chephrenès, Psammetichus, Sésostris, Amenoteph ; tous les noirs dominateurs des pyramides et des syringes ; sur une estrade plus élevée siégeaient le roi Chronos et Xixouthros, qui fut contemporain du déluge, et Tubal Caïn, qui le précéda.

La barbe du roi Xixouthros avait tellement poussé qu'elle avait déjà fait sept fois le tour de la table de granit sur laquelle il s'appuyait tout rêveur et tout somnolent.

Plus loin, dans une vapeur poussiéreuse, à travers le brouillard des éternités, je distinguais vaguement les soixante-douze rois préadamites avec leurs soixante-douze peuples à jamais disparus.

Après m'avoir laissé quelques minutes pour jouir de ce spectacle vertigineux, la princesse Hermonthis me présenta au Pharaon son père, qui me fit un signe de tête fort majestueux.

« J'ai retrouvé mon pied ! j'ai retrouvé mon pied ! criait la princesse en frappant ses petites mains l'une contre l'autre avec tous les signes d'une joie folle, c'est monsieur qui me l'a rendu. »

Les races de Kemé, les races de Nahasi, toutes les nations noires, bronzées, cuivrées, répétaient en chœur :

« La princesse Hermonthis a retrouvé son pied ! »

Xixouthros lui-même s'en émut :

Il souleva sa paupière appesantie, passa ses doigts dans sa moustache, et laissa tomber sur moi son regard chargé de siècles.

« Par Oms, chien des Enfers, et par Tmeï, fille du Soleil et de la Vérité, voilà un brave et digne garçon, dit le Pharaon en étendant vers moi son sceptre terminé par une fleur de lotus.

« Que veux-tu pour ta récompense ? »

Fort de cette audace que donnent les rêves, où rien ne paraît impossible, je lui demandai la main d'Hermonthis : la main pour le pied me paraissait une récompense antithétique d'assez bon goût.

Le Pharaon ouvrit tout grands ses yeux de verre, surpris de ma plaisanterie et de ma demande.

« De quel pays es-tu et quel est ton âge ?

— Je suis Français, et j'ai vingt-sept ans, vénérable Pharaon.

— Vingt-sept ans ! et il veut épouser la princesse Hermonthis, qui a trente siècles ! » s'écrièrent à la fois tous les trônes et tous les cercles des nations.

Hermonthis seule ne parut pas trouver ma requête inconvenante.

« Si tu avais seulement deux mille ans, reprit le vieux roi, je t'accorderais bien volontiers la princesse ; mais la disproportion est trop forte, et puis il faut à nos filles des maris qui durent, vous ne savez plus vous conserver : les derniers qu'on a apportés il y a quinze siècles à peine ne sont plus qu'une pincée de cendre ; regarde, ma chair est dure comme du basalte, mes os sont des barres d'acier.

« J'assisterai au dernier jour du monde avec le corps et la figure que j'avais de mon vivant ; ma fille Hermonthis durera plus qu'une statue de bronze.

« Alors le vent aura dispersé le dernier grain de ta poussière, et Isis elle-même, qui sut retrouver les morceaux d'Osiris, serait embarrassée de recomposer ton être.

« Regarde comme je suis vigoureux encore et comme mes bras tiennent bien », dit-il en me secouant la main à l'anglaise, de manière à me couper les doigts avec mes bagues.

Il me serra si fort que je m'éveillai, et j'aperçus mon ami Alfred qui me tirait par le bras et me secouait pour me faire lever.

« Ah, çà ! enragé dormeur, faudra-t-il te faire porter au milieu de la rue et te tirer un feu d'artifice aux oreilles ?

« Il est plus de midi, tu ne te rappelles donc pas que tu m'avais promis de venir me prendre pour aller voir les tableaux espagnols de M. Aguado ?

— Mon Dieu ! je n'y pensais plus, répondis-je en m'habillant ; nous allons y aller : j'ai la permission ici sur mon bureau. »

Je m'avançais effectivement pour la prendre ; mais jugez de mon étonnement lorsqu'à la place du pied de momie que j'avais acheté la veille, je vis la petite figurine de pâte verte mise à sa place par la princesse Hermonthis !

La Vénus d'Ille

Prosper Mérimée

Je descendais le dernier coteau du Canigou[1], et, bien que le soleil fût déjà couché, je distinguais dans la plaine les maisons de la petite ville d'Ille[2], vers laquelle je me dirigeais.

« Vous savez, dis-je au Catalan[3] qui me servait de guide depuis la veille, vous savez sans doute où demeure M. de Peyrehorade ?

— Si je le sais ! s'écria-t-il, je connais sa maison comme la mienne ; et s'il ne faisait pas si noir, je vous la montrerais. C'est la plus belle d'Ille. Il a de l'argent, oui, M. de Peyrehorade ; et il marie son fils à plus riche que lui encore.

1. Point culminant des Pyrénées orientales (2 785 m).
2. Ille-sur-Têt, près de Perpignan.
3. De Catalogne, aujourd'hui province espagnole (capitale Barcelone) ; la culture catalane est également présente du côté français, dans l'actuel département des Pyrénées-Orientales.

— Et ce mariage se fera-t-il bientôt ? lui demandai-je.

— Bientôt ! il se peut déjà que les violons soient commandés pour la noce. Ce soir, peut-être, demain, après-demain, que sais-je ! C'est à Puygarrig que ça se fera ; car c'est Mlle de Puygarrig que monsieur le fils épouse. Ce sera beau, oui ! »

J'étais recommandé[1] à M. de Peyrehorade par mon ami M. de P. C'était, m'avait-il dit, un antiquaire[2] fort instruit et d'une complaisance à toute épreuve. Il se ferait un plaisir de me montrer toutes les ruines à dix lieues[3] à la ronde. Or, je comptais sur lui pour visiter les environs d'Ille, que je savais riches en monuments antiques et du Moyen Âge. Ce mariage, dont on me parlait alors pour la première fois, dérangeait tous mes plans.

Je vais être un trouble-fête, me dis-je. Mais j'étais attendu ; annoncé par M. de P., il fallait bien me présenter.

« Gageons, monsieur, me dit mon guide, comme nous étions déjà dans la plaine, gageons un cigare que je devine ce que vous allez faire chez M. de Peyrehorade ?

— Mais, répondis-je en lui tendant un cigare, cela n'est pas bien difficile à deviner. À l'heure qu'il est,

1. M. de P. l'a présenté et annoncé à M. de Peyrehorade dans une lettre que le visiteur lui remettra en arrivant.
2. À l'époque, ce mot désigne un archéologue, un amateur de fouilles archéologiques et d'antiquités.
3. Une lieue = 4 km environ.

quand on a fait six lieues dans le Canigou, la grande affaire, c'est de souper.

— Oui, mais demain ?... Tenez, je parierais que vous venez à Ille pour voir l'idole ? J'ai deviné cela à vous voir tirer en portrait[1] les saints de Serrabona[2].

— L'idole ! quelle idole ? »

Ce mot avait excité ma curiosité.

« Comment ! on ne vous a pas conté, à Perpignan, comment M. de Peyrehorade avait trouvé une idole en terre ?

— Vous voulez dire une statue en terre cuite, en argile ?

— Non pas. Oui, bien en cuivre, et il y en a de quoi faire des gros sous. Elle vous pèse autant qu'une cloche d'église. C'est bien avant dans la terre, au pied d'un olivier, que nous l'avons eue.

— Vous étiez donc présent à la découverte ?

— Oui, monsieur. M. de Peyrehorade nous dit, il y a quinze jours, à Jean Coll et à moi, de déraciner un vieil olivier qui était gelé de l'année dernière, car elle a été bien mauvaise, comme vous savez. Voilà donc qu'en travaillant, Jean Coll, qui y allait de tout cœur, il donne un coup de pioche, et j'entends bimm... comme s'il avait tapé sur une cloche. Qu'est-ce que c'est ? que je dis. Nous piochons toujours, nous piochons, et voilà qu'il paraît une main noire, qui semblait la main d'un mort qui sortait de terre. Moi, la peur me

1. Dessiner.
2. Église située près d'Ille.

prend. Je m'en vais à monsieur, et je lui dis : "Des morts, notre maître, qui sont sous l'olivier ! Faut appeler le curé. – Quels morts ?" qu'il me dit. Il vient et il n'a pas plus tôt vu la main qu'il s'écrie : "Un antique[1] ! un antique !" Vous auriez cru qu'il avait trouvé un trésor. Et le voilà, avec la pioche, avec les mains, qui se démène et qui faisait quasiment autant d'ouvrage que nous deux.

— Et enfin que trouvâtes-vous ?

— Une grande femme noire plus qu'à moitié nue, révérence parler[2], monsieur, toute en cuivre, et M. de Peyrehorade nous a dit que c'était une idole du temps des païens… du temps de Charlemagne, quoi !

— Je vois ce que c'est… Quelque bonne Vierge en bronze d'un couvent détruit.

— Une bonne Vierge ! ah bien, oui !… Je l'aurais bien reconnue, si ç'avait été une bonne Vierge. C'est une idole, vous dis-je : on le voit bien à son air. Elle vous fixe avec ses grands yeux blancs… On dirait qu'elle vous dévisage. On baisse les yeux, oui, en la regardant.

— Des yeux blancs ? Sans doute ils sont incrustés dans le bronze. Ce sera peut-être quelque statue romaine.

— Romaine ! c'est cela. M. de Peyrehorade dit que c'est une Romaine. Ah ! je vois bien que vous êtes un savant comme lui.

1. Vestige de l'Antiquité.
2. Signifie « Excusez-moi ».

— Est-elle entière, bien conservée ?

— Oh ! monsieur, il ne lui manque rien. C'est encore plus beau et mieux fini que le buste de Louis-Philippe[1], qui est à la mairie, en plâtre peint. Mais avec tout cela, la figure de cette idole ne me revient pas. Elle a l'air méchante… et elle l'est aussi.

— Méchante ! Quelle méchanceté vous a-t-elle faite ?

— Pas à moi précisément ; mais vous allez voir. Nous nous étions mis à quatre pour la dresser debout, et M. de Peyrehorade, qui lui aussi tirait à la corde, bien qu'il n'ait guère plus de force qu'un poulet, le digne homme ! Avec bien de la peine nous la mettons droite. J'amassais un tuileau[2] pour la caler, quand, patatras ! la voilà qui tombe à la renverse tout d'une masse. Je dis : Gare dessous ! Pas assez vite pourtant, car Jean Coll n'a pas eu le temps de tirer sa jambe…

— Et il a été blessé ?

— Cassée net comme un échalas[3], sa pauvre jambe ! Pécaïre[4] ! quand j'ai vu cela, moi, j'étais furieux. Je voulais défoncer l'idole à coups de pioche, mais M. de Peyrehorade m'a retenu. Il a donné de l'argent à Jean Coll, qui tout de même est encore au lit depuis quinze jours que cela lui est arrivé, et le médecin dit qu'il ne marchera jamais de cette jambe-là

1. Roi de France qui régna entre 1830 et 1848, à l'époque où Mérimée écrivit cette nouvelle.
2. Morceau de tuile.
3. Bâton qui sert de tuteur à un pied de vigne.
4. Exclamation du sud de la France, signifiant « pitié ! ».

comme de l'autre. C'est dommage, lui qui était notre meilleur coureur et, après monsieur le fils, le plus malin joueur de paume[1]. C'est que M. Alphonse de Peyrehorade en a été triste, car c'est Coll qui faisait sa partie. Voilà qui était beau à voir comme ils se renvoyaient les balles. Paf ! paf ! Jamais elles ne touchaient terre. »

Devisant de la sorte, nous entrâmes à Ille, et je me trouvai bientôt en présence de M. de Peyrehorade. C'était un petit vieillard vert[2] encore et dispos, poudré, le nez rouge, l'air jovial et goguenard[3]. Avant d'avoir ouvert la lettre de M. de P., il m'avait installé devant une table bien servie, et m'avait présenté à sa femme et à son fils comme un archéologue illustre, qui devait tirer le Roussillon de l'oubli où le laissait l'indifférence des savants.

Tout en mangeant de bon appétit, car rien ne dispose mieux que l'air vif des montagnes, j'examinais mes hôtes. J'ai dit un mot de M. de Peyrehorade ; je dois ajouter que c'était la vivacité même. Il parlait, mangeait, se levait, courait à sa bibliothèque, m'apportait des livres, me montrait des estampes[4], me versait à boire ; il n'était jamais deux minutes en

1. Ancêtre du tennis.
2. Encore en bonne forme.
3. Amusé, moqueur.
4. Des gravures.

repos. Sa femme, un peu trop grasse, comme la plupart des Catalanes lorsqu'elles ont passé quarante ans, me parut une provinciale renforcée, uniquement occupée des soins du ménage. Bien que le souper fût suffisant pour six personnes au moins, elle courut à la cuisine, fit tuer des pigeons, frire des miliasses[1], ouvrit je ne sais combien de pots de confitures. En un instant la table fut encombrée de plats et de bouteilles, et je serais certainement mort d'indigestion si j'avais goûté seulement à tout ce qu'on m'offrait. Cependant, à chaque plat que je refusais, c'étaient de nouvelles excuses. On craignait que je ne me trouvasse bien mal à Ille. Dans la province on a si peu de ressources, et les Parisiens sont si difficiles !

Au milieu des allées et venues de ses parents, M. Alphonse de Peyrehorade ne bougeait pas plus qu'un Terme[2]. C'était un grand jeune homme de vingt-six ans, d'une physionomie belle et régulière, mais manquant d'expression. Sa taille et ses formes athlétiques justifiaient bien la réputation d'infatigable joueur de paume qu'on lui faisait dans le pays. Il était ce soir-là habillé avec élégance, exactement d'après la gravure du dernier numéro du *Journal des modes*. Mais il me semblait gêné dans ses vêtements ; il était raide comme un piquet dans son col de velours, et ne se tournait que tout d'une pièce. Ses mains grosses et

1. Gâteaux de maïs.
2. Les statues du dieu romain Terme servaient de bornes et étaient par définition impossibles à déplacer.

hâlées, ses ongles courts contrastaient singulièrement avec son costume. C'étaient des mains de laboureur sortant des manches d'un dandy[1]. D'ailleurs, bien qu'il me considérât de la tête aux pieds fort curieusement, en ma qualité de Parisien, il ne m'adressa qu'une seule fois la parole dans toute la soirée, ce fut pour me demander où j'avais acheté la chaîne de ma montre.

« Ah çà ! mon cher hôte, me dit M. de Peyrehorade, le souper tirant à sa fin, vous m'appartenez, vous êtes chez moi. Je ne vous lâche plus, sinon quand vous aurez vu tout ce que nous avons de curieux dans nos montagnes. Il faut que vous appreniez à connaître notre Roussillon, et que vous lui rendiez justice. Vous ne vous doutez pas de tout ce que nous allons vous montrer. Monuments phéniciens, celtiques, romains, arabes, byzantins[2], vous verrez tout, depuis le cèdre jusqu'à l'hysope[3]. Je vous mènerai partout et ne vous ferai pas grâce d'une brique. »

Un accès de toux l'obligea de s'arrêter. J'en profitai pour lui dire que je serais désolé de le déranger dans une circonstance aussi intéressante pour sa famille. S'il voulait bien me donner ses excellents conseils sur les excursions que j'aurais à faire, je pourrais, sans qu'il prît la peine de m'accompagner…

---

1. Mot anglais désignant les hommes qui prennent un soin extrême de leur tenue vestimentaire.
2. Il énumère ici toutes les civilisations qui ont successivement laissé leurs traces dans le Roussillon.
3. Petite plante aromatique (citation de la Bible).

« Ah ! vous voulez parler du mariage de ce garçon-là, s'écria-t-il en m'interrompant. Bagatelle, ce sera fait après-demain. Vous ferez la noce avec nous, en famille, car la future est en deuil d'une tante dont elle hérite. Ainsi point de fête, point de bal... C'est dommage... vous auriez vu danser nos Catalanes... Elles sont jolies, et peut-être l'envie vous aurait-elle pris d'imiter mon Alphonse. Un mariage, dit-on, en amène d'autres. Samedi, les jeunes gens mariés, je suis libre, et nous nous mettons en course. Je vous demande pardon de vous donner l'ennui d'une noce de province. Pour un Parisien blasé sur les fêtes... et une noce sans bal encore ! Pourtant, vous verrez une mariée... une mariée... vous m'en direz des nouvelles... Mais vous êtes un homme grave et vous ne regardez plus les femmes. J'ai mieux que cela à vous montrer. Je vous ferai voir quelque chose !... Je vous réserve une fière surprise pour demain.

— Mon Dieu ! lui dis-je, il est difficile d'avoir un trésor dans sa maison sans que le public en soit instruit. Je crois deviner la surprise que vous me préparez. Mais si c'est de votre statue qu'il s'agit, la description que mon guide m'en a faite n'a servi qu'à exciter ma curiosité et à me disposer à l'admiration.

— Ah ! il vous a parlé de l'idole, car c'est ainsi qu'ils appellent ma belle Vénus Tur... mais je ne veux rien vous dire. Demain, au grand jour, vous la verrez, et vous me direz si j'ai raison de la croire un chef-d'œuvre. Parbleu ! vous ne pouviez arriver plus à propos ! Il y a des inscriptions que moi, pauvre ignorant, j'explique à ma manière… mais un savant de Paris !… Vous vous moquerez peut-être de mon interprétation… car j'ai fait un mémoire[1]… moi qui vous parle… vieil antiquaire de province, je me suis lancé… Je veux faire gémir la presse[2]… Si vous vouliez bien me lire et me corriger, je pourrais espérer… Par exemple, je suis bien curieux de savoir comment vous traduirez cette inscription sur le socle : CAVE[3]… Mais je ne veux rien vous demander encore ! À demain, à demain ! Pas un mot sur la Vénus aujourd'hui.

— Tu as raison, Peyrehorade, dit sa femme, de laisser là ton idole. Tu devrais voir que tu empêches monsieur de manger. Va, monsieur a vu à Paris de bien plus belles statues que la tienne. Aux Tuileries[4], il y en a des douzaines, et en bronze aussi.

— Voilà bien l'ignorance, la sainte ignorance de la province ! interrompit M. de Peyrehorade. Comparer un antique admirable aux plates figures de Coustou[5] !

Comme avec irrévérence
Parle des dieux ma ménagère[6] *!*

Savez-vous que ma femme voulait que je fondisse ma statue pour en faire une cloche à notre église ?

---

1. Une étude, un article.
2. Désigne ici la machine qui sert à imprimer.
3. Ce mot latin signifie « Prends garde ».
4. Résidence du roi Louis-Philippe à Paris.
5. Famille de sculpteurs français.
6. Citation d'*Amphytrion* de Molière.

C'est qu'elle en eût été la marraine. Un chef-d'œuvre de Myron[1], monsieur !

— Chef-d'œuvre ! chef-d'œuvre ! un beau chef-d'œuvre qu'elle a fait ! casser la jambe d'un homme !

— Ma femme, vois-tu ? dit M. de Peyrehorade d'un ton résolu, et tendant vers elle sa jambe droite dans un bas de soie chinée, si ma Vénus m'avait cassé cette jambe-là, je ne la regretterais pas.

— Bon Dieu ! Peyrehorade, comment peux-tu dire cela ! Heureusement que l'homme va mieux... Et encore je ne peux pas prendre sur moi de regarder la statue qui fait des malheurs comme celui-là. Pauvre Jean Coll !

— Blessé par Vénus, monsieur, dit M. de Peyrehorade riant d'un gros rire, blessé par Vénus, le maraud se plaint :

Veneris nec praemia noris[2]

Qui n'a pas été blessé par Vénus ? »

M. Alphonse, qui comprenait le français mieux que le latin, cligna de l'œil d'un air d'intelligence, et me regarda comme pour me demander :

« Et vous, Parisien, comprenez-vous ? »

Le souper finit. Il y avait une heure que je ne mangeais plus. J'étais fatigué, et je ne pouvais parvenir à

1. Sculpteur de la Grèce antique.
2. Vers tiré de l'*Énéide*, poème épique de Virgile, grand poète latin : « Et les présents de Vénus, tu ne les connais pas. »

cacher les fréquents bâillements qui m'échappaient. Mme de Peyrehorade s'en aperçut la première, et remarqua qu'il était temps d'aller dormir. Alors commencèrent de nouvelles excuses sur le mauvais gîte que j'allais avoir. Je ne serais pas comme à Paris. En province on est si mal ! Il fallait de l'indulgence pour les Roussillonnais. J'avais beau protester qu'après une course dans les montagnes, une botte de paille me serait un coucher délicieux, on me priait toujours de pardonner à de pauvres campagnards s'ils ne me traitaient pas aussi bien qu'ils l'eussent désiré. Je montai enfin à la chambre qui m'était destinée, accompagné de M. de Peyrehorade. L'escalier, dont les marches supérieures étaient en bois, aboutissait au milieu d'un corridor, sur lequel donnaient plusieurs chambres.

« À droite, me dit mon hôte, c'est l'appartement que je destine à la future Mme Alphonse. Votre chambre est au bout du corridor opposé. Vous sentez bien, ajouta-t-il d'un air qu'il voulait rendre fin, vous sentez bien qu'il faut isoler de nouveaux mariés. Vous êtes à un bout de la maison, eux à l'autre. »

Nous entrâmes dans une chambre bien meublée, où le premier objet sur lequel je portai la vue fut un lit long de sept pieds[1], large de six, et si haut qu'il fallait un escabeau pour s'y guinder[2]. Mon hôte m'ayant indiqué la position de la sonnette, et s'étant assuré par lui-même que le sucrier était plein, les

1. Un pied = 30 cm environ.
2. Pour y grimper (le guindeau sert à hisser l'ancre d'un bateau).

flacons d'eau de Cologne dûment placés sur la toilette[1], après m'avoir demandé plusieurs fois si rien ne me manquait, me souhaita une bonne nuit et me laissa seul.

Les fenêtres étaient fermées. Avant de me déshabiller, j'en ouvris une pour respirer l'air frais de la nuit, délicieux après un long souper. En face était le Canigou, d'un aspect admirable en tout temps, mais qui me parut ce soir-là la plus belle montagne du monde, éclairé qu'il était par une lune resplendissante. Je demeurai quelques minutes à contempler sa silhouette merveilleuse, et j'allais fermer ma fenêtre, lorsque, baissant les yeux, j'aperçus la statue sur un piédestal[2] à une vingtaine de toises[3] de la maison. Elle était placée à l'angle d'une haie vive qui séparait un petit jardin d'un vaste carré parfaitement uni, qui, je l'appris plus tard, était le jeu de paume de la ville. Ce terrain, propriété de M. de Peyrehorade, avait été cédé par lui à la commune, sur les pressantes sollicitations de son fils.

À la distance où j'étais, il m'était difficile de distinguer l'attitude de la statue ; je ne pouvais juger que de sa hauteur, qui me parut de six pieds environ. En ce moment, deux polissons de la ville passaient sur le jeu de paume, assez près de la haie, sifflant le joli air

1. Meuble de toilette installé dans la chambre car il n'y a pas encore de salle de bains.
2. Support.
3. Une toise = 2 m environ (six pieds).

du Roussillon : *Montagnes régalades*. Ils s'arrêtèrent pour regarder la statue ; un d'eux l'apostropha même à haute voix. Il parlait catalan ; mais j'étais dans le Roussillon depuis assez longtemps pour pouvoir comprendre à peu près ce qu'il disait :

« Te voilà donc, coquine ! (Le terme catalan était plus énergique.) Te voilà, disait-il. C'est donc toi qui as cassé la jambe à Jean Coll ! Si tu étais à moi, je te casserais le cou.

— Bah ! avec quoi ? dit l'autre. Elle est de cuivre, et si dure qu'Étienne a cassé sa lime dessus, essayant de l'entamer. C'est du cuivre du temps des païens ; c'est plus dur que je ne sais quoi.

— Si j'avais mon ciseau à froid (il paraît que c'était un apprenti serrurier), je lui ferais bientôt sauter ses grands yeux blancs, comme je tirerais une amande de sa coquille. Il y a pour plus de cent sous d'argent. »

Ils firent quelques pas en s'éloignant.

« Il faut que je souhaite le bonsoir à l'idole », dit le plus grand des apprentis, s'arrêtant tout à coup.

Il se baissa, et probablement ramassa une pierre. Je le vis déployer le bras, lancer quelque chose, et aussitôt un coup sonore retentit sur le bronze. Au même instant l'apprenti porta la main à sa tête en poussant un cri de douleur.

« Elle me l'a rejetée ! » s'écria-t-il.

Et mes deux polissons prirent la fuite à toutes jambes. Il était évident que la pierre avait rebondi sur le métal, et avait puni ce drôle de l'outrage qu'il faisait à la déesse.

Je fermai la fenêtre en riant de bon cœur.

« Encore un Vandale[1] puni par Vénus. Puissent tous les destructeurs de nos vieux monuments avoir ainsi la tête cassée ! »

Sur ce souhait charitable, je m'endormis.

Il était grand jour quand je me réveillai. Auprès de mon lit étaient, d'un côté, M. de Peyrehorade, en robe de chambre ; de l'autre, un domestique envoyé par sa femme une tasse de chocolat à la main.

« Allons, debout, Parisien ! Voilà bien mes paresseux de la capitale ! disait mon hôte pendant que je m'habillais à la hâte. Il est huit heures, et encore au lit ! je suis levé, moi, depuis six heures. Voilà trois fois que je monte, je me suis approché de votre porte sur la pointe du pied : personne, nul signe de vie. Cela vous fera mal de trop dormir à votre âge. Et ma Vénus que vous n'avez pas encore vue. Allons, prenez-moi vite cette tasse de chocolat de Barcelone... Vraie contrebande. Du chocolat comme on n'en a pas à Paris. Prenez des forces, car, lorsque vous serez devant ma Vénus, on ne pourra plus vous en arracher. »

En cinq minutes, je fus prêt, c'est-à-dire à moitié rasé, mal boutonné, et brûlé par le chocolat que

1. Peuplade très violente qui a envahi la Gaule et l'Espagne au Ve siècle. Le nom commun désigne aujourd'hui une personne violente qui s'attaque aux choses, aux biens publics... sans raison.

j'avalai bouillant. Je descendis dans le jardin, et me trouvai devant une admirable statue.

C'était bien une Vénus, et d'une merveilleuse beauté. Elle avait le haut du corps nu, comme les anciens représentaient d'ordinaire les grandes divinités ; la main droite, levée à la hauteur du sein, était tournée, la paume en dedans, le pouce et les deux premiers doigts étendus, les deux autres légèrement ployés. L'autre main, rapprochée de la hanche, soutenait la draperie qui couvrait la partie inférieure du corps. L'attitude de cette statue rappelait celle du Joueur de mourre[1] qu'on désigne, je ne sais trop pourquoi, sous le nom de Germanicus. Peut-être avait-on voulu représenter la déesse au jeu de mourre.

Quoi qu'il en soit, il est impossible de voir quelque chose de plus parfait que le corps de cette Vénus ; rien de plus suave, plus voluptueux que ses contours ; rien de plus élégant et de plus noble que sa draperie. Je m'attendais à quelque ouvrage du Bas-Empire[2] ; je voyais un chef-d'œuvre du meilleur temps de la statuaire. Ce qui me frappait surtout, c'était l'exquise vérité des formes, en sorte qu'on aurait pu les croire moulées sur nature, si la nature produisait d'aussi parfaits modèles.

La chevelure, relevée sur le front, paraissait avoir été dorée autrefois. La tête, petite comme celle de

---

1. Jeu italien où l'on doit compter le plus vite possible les doigts de la main que vous présente votre adversaire.
2. La fin de l'Empire romain.

presque toutes les statues grecques, était légèrement inclinée en avant. Quant à la figure, jamais je ne parviendrai à exprimer son caractère étrange, et dont le type ne se rapprochait de celui d'aucune statue antique dont il me souvienne. Ce n'était point cette beauté calme et sévère des sculpteurs grecs, qui, par système, donnaient à tous les traits une majestueuse immobilité. Ici, au contraire, j'observais avec surprise l'intention marquée de l'artiste de rendre la malice arrivant jusqu'à la méchanceté. Tous les traits étaient contractés légèrement : les yeux un peu obliques, la bouche relevée des coins, les narines quelque peu gonflées. Dédain, ironie, cruauté se lisaient sur ce visage d'une incroyable beauté cependant. En vérité, plus on regardait cette admirable statue, et plus on éprouvait le sentiment pénible qu'une si merveilleuse beauté pût s'allier à l'absence de toute sensibilité.

« Si le modèle a jamais existé, dis-je à M. de Peyrehorade, et je doute que le Ciel ait jamais produit une telle femme, que je plains ses amants ! Elle a dû se complaire à les faire mourir de désespoir. Il y a dans son expression quelque chose de féroce, et pourtant je n'ai jamais vu rien de si beau.

— *C'est Vénus tout entière à sa proie attachée*[1] ! » s'écria M. de Peyrehorade, satisfait de mon enthousiasme.

Cette expression d'ironie infernale était augmentée peut-être par le contraste de ses yeux incrustés

1. Citation de *Phèdre*, la pièce de Racine.

d'argent et très brillants avec la patine[1] d'un vert noirâtre que le temps avait donnée à toute la statue. Ces yeux brillants produisaient une certaine illusion qui rappelait la réalité, la vie. Je me souvins de ce que m'avait dit mon guide, qu'elle faisait baisser les yeux à ceux qui la regardaient. Cela était presque vrai, et je ne pus me défendre d'un mouvement de colère contre moi-même en me sentant un peu mal à mon aise devant cette figure de bronze.

« Maintenant que vous avez tout admiré en détail, mon cher collègue en antiquaillerie, dit mon hôte, ouvrons, s'il vous plaît, une conférence scientifique. Que dites-vous de cette inscription, à laquelle vous n'avez point pris garde encore ? »

Il me montrait le socle de la statue, et j'y lus ces mots :

CAVE AMANTEM

« *Quid dicis, doctissime*[2] ? me demanda-t-il en se frottant les mains. Voyons si nous nous rencontrerons sur le sens de ce *cave amantem* !

— Mais, répondis-je, il y a deux sens. On peut traduire : "Prends garde à celui qui t'aime, défie-toi des amants." Mais, dans ce sens, je ne sais si *cave amantem* serait d'une bonne latinité. En voyant l'expression diabolique de la dame, je croirais plutôt que l'artiste a

1. Les marques du temps sur un matériau (ici, l'oxydation).
2. « Qu'en dis-tu, très savant collègue ? », en latin.

voulu mettre en garde le spectateur contre cette terrible beauté. Je traduirais donc : “Prends garde à toi si *elle* t’aime.”

— Humph ! dit M. de Peyrehorade, oui, c’est un sens admissible ; mais, ne vous en déplaise, je préfère la première traduction, que je développerai pourtant. Vous connaissez l’amant de Vénus ?

— Il y en a plusieurs.

— Oui ; mais le premier, c’est Vulcain. N’a-t-on pas voulu dire : “Malgré toute ta beauté, ton air dédaigneux, tu auras un forgeron, un vilain boiteux pour amant” ? Leçon profonde, monsieur, pour les coquettes ! »

Je ne pus m’empêcher de sourire, tant l’explication me parut tirée par les cheveux.

« C’est une terrible langue que le latin avec sa concision[1], observai-je pour éviter de contredire formellement mon antiquaire, et je reculai de quelques pas afin de mieux contempler la statue.

— Un instant, collègue ! dit M. de Peyrehorade en m’arrêtant par le bras, vous n’avez pas tout vu. Il y a encore une autre inscription. Montez sur le socle et regardez au bras droit. »

En parlant ainsi, il m’aidait à monter.

Je m’accrochai sans trop de façon au cou de la Vénus, avec laquelle je commençais à me familiariser. Je la regardai même un instant *sous le nez*, et la trouvai de près encore plus méchante et encore plus belle.

1. C’est une langue qui dit beaucoup en peu de mots.

Puis je reconnus qu'il y avait, gravés sur le bras, quelques caractères d'écriture cursive[1] antique, à ce qu'il me sembla. À grand renfort de besicles[2] j'épelai ce qui suit, et cependant M. de Peyrehorade répétait chaque mot à mesure que je le prononçais, approuvant du geste et de la voix. Je lus donc :

VENERI TVRBVL...
EVTYCHES MYRO
IMPERIO FECIT[3].

Après ce mot *TVRBVL* de la première ligne, il me sembla qu'il y avait quelques lettres effacées ; mais *TVRBVL* était parfaitement lisible. « Ce qui veut dire ?... me demanda mon hôte radieux et souriant avec malice, car il pensait bien que je ne me tirerais pas facilement de ce *TVRBVL*.

— Il y a un mot que je ne m'explique pas encore, lui dis-je ; tout le reste est facile. Eutychès Myron a fait cette offrande à Vénus par son ordre.

— À merveille. Mais *TVRBVL*, qu'en faites-vous ? Qu'est-ce que *TVRBVL* ?

— *TVRBVL* m'embarrasse fort. Je cherche en vain quelque épithète connue de Vénus qui puisse m'aider. Voyons, que diriez-vous de *TVRBVLENTA* ? Vénus qui trouble, qui agite... Vous vous apercevez que je

---

1. Lettres attachées, faites à la main.
2. Petites lunettes pour mieux voir de près.
3. Dans les inscriptions latines, les U et les V se confondent.

suis toujours préoccupé de son expression méchante. *TVRBVLENTA* ce n'est point une trop mauvaise épithète pour Vénus, ajoutai-je d'un ton modeste, car je n'étais pas moi-même fort satisfait de mon explication.

— Vénus turbulente ! Vénus la tapageuse ! Ah ! vous croyez donc que ma Vénus est une Vénus de cabaret ? Point du tout, monsieur ; c'est une Vénus de bonne compagnie. Mais je vais vous expliquer ce *TVRBVL*... Au moins vous me promettez de ne point divulguer ma découverte avant l'impression de mon mémoire. C'est que, voyez-vous, je m'en fais gloire, de cette trouvaille-là... Il faut bien que vous nous laissiez quelques épis à glaner, à nous autres pauvres diables de provinciaux. Vous êtes si riches, messieurs les savants de Paris ! »

Du haut du piédestal, où j'étais toujours perché, je lui promis solennellement que je n'aurais jamais l'indignité de lui voler sa découverte.

« *TVRBVL*..., monsieur, dit-il en se rapprochant et baissant la voix de peur qu'un autre que moi ne pût l'entendre, lisez *TVRBVLNERAE.*

— Je ne comprends pas davantage.

— Écoutez bien. À une lieue d'ici, au pied de la montagne, il y a un village qui s'appelle Boulternère. C'est une corruption[1] du mot latin *TVRBVLENTA* ! Rien de plus commun que ces inversions. Boulternère, monsieur, a été une ville romaine. Je m'en étais toujours douté, mais jamais je n'en avais eu la

1. Déformation.

preuve. La preuve, la voilà. Cette Vénus était la divinité topique[1] de la cité de Boulternère, et ce mot de Boulternère, que je viens de démontrer d'origine antique, prouve une chose bien plus curieuse, c'est que Boulternère, avant d'être une ville romaine, a été une ville phénicienne ! »

Il s'arrêta un moment pour respirer et jouir de ma surprise. Je parvins à réprimer une forte envie de rire.

« En effet, poursuivit-il, *TVRBVLENTA* est pur phénicien, *TVR*, prononcez *TOUR... TOUR* et *SOUR*, même mot, n'est-ce pas ? *SOUR* est le nom phénicien de Tyr[2] ; je n'ai pas besoin de vous en rappeler le sens. *BVL*, c'est Baal[3]. Bâl, Bel, Bul, légères différences de prononciation. Quant à *NERA*, cela me donne un peu de peine. Je suis tenté de croire, faute de trouver un mot phénicien, que cela vient du grec νηρzÞς[4] humide, marécageux. Ce serait donc un mot hybride[5]. Pour justifier νηρzÞς, je vous montrerai à Boulternère comment les ruisseaux de la montagne y forment des mares infectes. D'autre part, la terminaison NERA aurait pu être ajoutée beaucoup plus tard en l'honneur de Nera Pivesuvia, femme de Tétricus,

1. Du lieu.
2. Grande ville phénicienne. Au temps du roi des Hébreux, Salomon (Xe siècle avant J.-C.), les Phéniciens se livraient à un rite cruel, celui de Melgart.
3. Dieu phénicien.
4. Se prononce « nêros ».
5. Croisement entre deux espèces, ici entre deux langues.

laquelle aurait fait quelque bien à la cité de Turbul. Mais, à cause des mares, je préfère l'étymologie de νηρzÞς. »

Il prit une prise de tabac[1] d'un air satisfait.

« Mais laissons les Phéniciens, et revenons à l'inscription. Je traduis donc : "À Vénus de Boulternère Myron dédie par son ordre cette statue, son ouvrage." »

Je me gardai bien de critiquer son étymologie, mais je voulus à mon tour faire preuve de pénétration, et je lui dis :

« Halte-là, monsieur. Myron a consacré quelque chose, mais je ne vois nullement que ce soit cette statue.

— Comment ! s'écria-t-il, Myron n'était-il pas un fameux sculpteur grec ? Le talent se sera perpétué dans sa famille : c'est un de ses descendants qui aura fait cette statue. Il n'y a rien de plus sûr.

— Mais, répliquai-je, je vois sur le bras un petit trou. Je pense qu'il a servi à fixer quelque chose, un bracelet, par exemple, que ce Myron donna à Vénus en offrande expiatoire[2]. Myron était un amant malheureux. Vénus était irritée contre lui : il l'apaisa en lui consacrant un bracelet d'or. Remarquez que *fecit*[3] se prend fort souvent pour *consecravit*[4]. Ce sont termes

1. Il respire du tabac par le nez.
2. Pour se faire pardonner une faute (de « expier »).
3. « A fait ».
4. « Consacra », en latin.

synonymes. Je vous en montrerais plus d'un exemple si j'avais sous la main Gruter ou bien Orelli[1]. Il est naturel qu'un amoureux voie Vénus en rêve, qu'il s'imagine qu'elle lui commande de donner un bracelet d'or à sa statue. Myron lui consacra un bracelet... Puis les barbares ou bien quelque voleur sacrilège...

— Ah ! qu'on voit bien que vous avez fait des romans ! s'écria mon hôte en me donnant la main pour descendre. Non, monsieur, c'est un ouvrage de l'école de Myron. Regardez seulement le travail, et vous en conviendrez. »

M'étant fait une loi de ne jamais contredire à outrance les antiquaires entêtés, je baissai la tête d'un air convaincu en disant :

« C'est un admirable morceau.

— Ah ! mon Dieu, s'écria M. de Peyrehorade, encore un trait de vandalisme ! On aura jeté une pierre à ma statue ! »

Il venait d'apercevoir une marque blanche un peu au-dessus du sein de la Vénus. Je remarquai une trace semblable sur les doigts de la main droite, qui, je le supposai alors, avaient été touchés dans le trajet de la pierre, ou bien un fragment s'en était détaché par le choc et avait ricoché sur la main. Je contai à mon hôte l'insulte dont j'avais été témoin et la prompte punition qui s'en était suivie. Il en rit beaucoup, et, compa-

1. Noms des auteurs des ouvrages de référence de l'époque pour l'étude des inscriptions latines.

rant l'apprenti à Diomède[1], il lui souhaita de voir, comme le héros grec, tous ses compagnons changés en oiseaux blancs.

La cloche du déjeuner interrompit cet entretien classique, et, de même que la veille, je fus obligé de manger comme quatre. Puis vinrent des fermiers de M. de Peyrehorade ; et, pendant qu'il leur donnait audience, son fils me mena voir une calèche qu'il avait achetée à Toulouse pour sa fiancée, et que j'admirai, cela va sans dire. Ensuite j'entrai avec lui dans l'écurie, où il me tint une demi-heure à me vanter ses chevaux, à me faire leur généalogie, à me conter les prix qu'ils avaient gagnés aux courses du département. Enfin, il en vint à me parler de sa future, par la transition d'une jument grise qu'il lui destinait.

« Nous la verrons aujourd'hui, dit-il. Je ne sais si vous la trouverez jolie. Vous êtes difficiles, à Paris ; mais tout le monde, ici et à Perpignan, la trouve charmante. Le bon, c'est qu'elle est fort riche. Sa tante de Prades lui a laissé son bien. Oh ! je vais être fort heureux. »

Je fus profondément choqué de voir un jeune homme paraître plus touché de la dot[2] que des beaux yeux de sa future. « Vous vous connaissez en

1. Homère rapporte, dans l'*Iliade*, que ce héros grec blessa Vénus pendant le siège de Troie.

2. Biens que la fiancée donne à son mari au moment du mariage.

bijoux, poursuivit M. Alphonse, comment trouvez-vous ceci ? Voici l'anneau que je lui donnerai demain. »

En parlant ainsi, il tirait de la première phalange de son petit doigt une grosse bague enrichie de diamants, et formée de deux mains entrelacées ; allusion qui me parut infiniment poétique. Le travail en était ancien, mais je jugeai qu'on l'avait retouchée pour enchâsser les diamants. Dans l'intérieur de la bague se lisaient ces mots en lettres gothiques : *Sempr'ab ti*, c'est-à-dire, toujours avec toi.

« C'est une jolie bague, lui dis-je ; mais ces diamants ajoutés lui ont fait perdre un peu de son caractère.

— Oh ! elle est bien plus belle comme cela, répondit-il en souriant. Il y a là pour douze cents francs de diamants. C'est ma mère qui me l'a donnée. C'était une bague de famille très ancienne... du temps de la chevalerie. Elle avait servi à ma grand-mère, qui la tenait de la sienne. Dieu sait quand cela a été fait.

— L'usage à Paris, lui dis-je, est de donner un anneau tout simple, ordinairement composé de deux métaux différents, comme de l'or et du platine. Tenez, cette autre bague, que vous avez à ce doigt, serait fort convenable. Celle-ci, avec ses diamants et ses mains en relief, est si grosse, qu'on ne pourrait mettre un gant par-dessus.

— Oh ! Mme Alphonse s'arrangera comme elle voudra. Je crois qu'elle sera toujours bien contente de l'avoir. Douze cents francs au doigt, c'est agréable.

Cette petite bague-là, ajouta-t-il en regardant d'un air de satisfaction l'anneau tout uni qu'il portait à la main, celle-là, c'est une femme à Paris qui me l'a donnée un jour de Mardi gras. Ah ! comme je m'en suis donné quand j'étais à Paris, il y a deux ans ! C'est là qu'on s'amuse !... »

Et il soupira de regret.

Nous devions dîner ce jour-là à Puygarrig, chez les parents de la future ; nous montâmes en calèche, et nous nous rendîmes au château, éloigné d'Ille d'environ une lieue et demie. Je fus présenté et accueilli comme l'ami de la famille. Je ne parlerai pas du dîner ni de la conversation qui s'ensuivit, et à laquelle je pris peu de part. M. Alphonse, placé à côté de sa future, lui disait un mot à l'oreille tous les quarts d'heure. Pour elle, elle ne levait guère les yeux, et, chaque fois que son prétendu lui parlait, elle rougissait avec modestie, mais lui répondait sans embarras.

Mlle de Puygarrig avait dix-huit ans ; sa taille souple et délicate contrastait avec les formes osseuses de son robuste fiancé. Elle était non seulement belle, mais séduisante. J'admirais le naturel parfait de toutes ses réponses ; et son air de bonté, qui pourtant n'était pas exempt d'une légère teinte de malice, me rappela, malgré moi, la Vénus de mon hôte. Dans cette comparaison que je fis en moi-même, je me demandais si la supériorité de beauté qu'il fallait bien accorder à la statue ne tenait pas, en grande partie, à son expression de tigresse ; car l'énergie, même dans les mauvaises passions, excite toujours en nous un étonnement et une espèce d'admiration involontaire.

« Quel dommage, me dis-je en quittant Puygarrig, qu'une si aimable personne soit riche, et que sa dot la fasse rechercher par un homme indigne d'elle ! »

En revenant à Ille, et ne sachant trop que dire à Mme de Peyrehorade, à qui je croyais convenable d'adresser quelquefois la parole :

« Vous êtes bien esprits forts en Roussillon ! m'écriai-je ; comment, madame, vous faites un mariage un vendredi[1] ! À Paris, nous aurions plus de superstition ; personne n'oserait prendre femme un tel jour.

— Mon Dieu ! ne m'en parlez pas, me dit-elle, si cela n'avait dépendu que de moi, certes on eût choisi un autre jour. Mais Peyrehorade l'a voulu, et il a fallu lui céder. Cela me fait de la peine pourtant. S'il arrivait quelque malheur ? Il faut bien qu'il y ait une raison car enfin pourquoi tout le monde a-t-il peur du vendredi ?

— Vendredi ! s'écria son mari, c'est le jour de Vénus ! Bon jour pour un mariage ! Vous le voyez, mon cher collègue, je ne pense qu'à ma Vénus. D'honneur[2] ! c'est à cause d'elle que j'ai choisi le vendredi. Demain, si vous voulez, avant la noce, nous lui

1. Les chrétiens ne célébraient pas de mariage le vendredi parce que c'est le jour où le Christ est mort sur la croix.

2. Pour « parole d'honneur ».

ferons un petit sacrifice, nous sacrifierons deux palombes[1], et, si je savais où trouver de l'encens…

— Fi donc, Peyrehorade ! interrompit sa femme scandalisée au dernier point. Encenser[2] une idole ! Ce serait une abomination ! Que dirait-on de nous dans le pays ?

— Au moins, dit M. de Peyrehorade, tu me permettras de lui mettre sur la tête une couronne de roses et de lis :

Manibus date litia plenis[3].

Vous le voyez, monsieur, la Charte[4] est un vain mot. Nous n'avons pas la liberté des cultes ! »

Les arrangements du lendemain furent réglés de la manière suivante. Tout le monde devait être prêt et en toilette à dix heures précises. Le chocolat pris, on se rendrait en voiture à Puygarrig. Le mariage civil devait se faire à la mairie du village, et la cérémonie religieuse dans la chapelle du château. Viendrait ensuite un déjeuner. Après le déjeuner on passerait le temps comme l'on pourrait jusqu'à sept heures. À sept heures, on retournerait à Ille, chez M. de Peyrehorade, où devaient souper les deux familles réunies.

1. Sorte de pigeons migrateurs que l'on chasse dans le sud-ouest de la France.
2. Vient du mot encens et signifie adorer.
3. Nouvelle citation de l'*Énéide* : « Donnez des lis à pleines mains. »
4. Accord sur la liberté des cultes et des religions en France (1814).

Le reste s'ensuit naturellement. Ne pouvant danser, on avait voulu manger le plus possible.

Dès huit heures, j'étais assis devant la Vénus, un crayon à la main, recommençant pour la vingtième fois la tête de la statue, sans pouvoir parvenir à en saisir l'expression. M. de Peyrehorade allait et venait autour de moi, me donnait des conseils, me répétait ses étymologies phéniciennes ; puis disposait des roses du Bengale sur le piédestal de la statue, et d'un ton tragi-comique lui adressait des vœux pour le couple qui allait vivre sous son toit. Vers neuf heures il rentra pour songer à sa toilette, et en même temps parut M. Alphonse, bien serré dans un habit neuf, en gants blancs, souliers vernis, boutons ciselés, une rose à la boutonnière.

« Vous ferez le portrait de ma femme ? me dit-il en se penchant sur mon dessin. Elle est jolie aussi. »

En ce moment commençait, sur le jeu de paume dont j'ai parlé, une partie qui, sur-le-champ, attira l'attention de M. Alphonse. Et moi, fatigué, et désespérant de rendre cette diabolique figure, je quittai bientôt mon dessin pour regarder les joueurs. Il y avait parmi eux quelques muletiers espagnols arrivés de la veille. C'étaient des Aragonais et des Navarrois[1], presque tous d'une adresse merveilleuse. Aussi les Illois, bien qu'encouragés par la présence et les conseils de M. Alphonse, furent-ils assez promptement battus par

1. L'Aragon est une province espagnole, la Navarre est une région à cheval sur la France et l'Espagne.

ces nouveaux champions. Les spectateurs nationaux étaient consternés. M. Alphonse regarda sa montre. Il n'était encore que neuf heures et demie. Sa mère n'était pas coiffée. Il n'hésita plus : il ôta son habit, demanda une veste, et défia les Espagnols. Je le regardais faire en souriant, et un peu surpris.

« Il faut soutenir l'honneur du pays », dit-il.

Alors je le trouvai vraiment beau. Il était passionné. Sa toilette, qui l'occupait si fort tout à l'heure, n'était plus rien pour lui. Quelques minutes avant, il eût craint de tourner la tête de peur de déranger sa cravate. Maintenant il ne pensait plus à ses cheveux frisés ni à son jabot[1] si bien plissé. Et sa fiancée ?... Ma foi, si cela eût été nécessaire, il aurait, je crois, fait ajourner le mariage. Je le vis chausser à la hâte une paire de sandales, retrousser ses manches, et, d'un air assuré, se mettre à la tête du parti vaincu comme César ralliant ses soldats à Dyrrachium[2]. Je sautai la haie, et me plaçai commodément à l'ombre d'un micocoulier[3], de façon à bien voir les deux camps.

Contre l'attente générale, M. Alphonse manqua la première balle ; il est vrai qu'elle vint rasant la terre et lancée avec une force surprenante par un Aragonais qui paraissait être le chef des Espagnols. C'était un homme d'une quarantaine d'années, sec et nerveux,

1. Dentelle qui orne le devant de la chemise.
2. Bataille où César fut vaincu par Pompée (en 48 avant J.-C.).
3. Variété d'arbre du sud de la France.

haut de six pieds, et sa peau olivâtre avait une teinte presque aussi foncée que le bronze de la Vénus.

M. Alphonse jeta sa raquette à terre avec fureur.

« C'est cette maudite bague, s'écria-t-il, qui me serre le doigt et me fait manquer une balle sûre ! »

Il ôta, non sans peine, sa bague de diamants : je m'approchais pour la recevoir ; mais il me prévint[1], courut à la Vénus, lui passa la bague au doigt annulaire, et reprit son poste à la tête des Illois.

Il était pâle, mais calme et résolu. Dès lors il ne fit plus une seule faute, et les Espagnols furent battus complètement. Ce fut un beau spectacle que l'enthousiasme des spectateurs : les uns poussaient mille cris de joie en jetant leurs bonnets en l'air ; d'autres lui serraient les mains, l'appelant l'honneur du pays. S'il eût repoussé une invasion, je doute qu'il eût reçu des félicitations plus vives et plus sincères. Le chagrin des vaincus ajoutait encore à l'éclat de sa victoire.

« Nous ferons d'autres parties, mon brave, dit-il à l'Aragonais d'un ton de supériorité ; mais je vous rendrai des points[2]. »

J'aurais désiré que M. Alphonse fût plus modeste, et je fus presque peiné de l'humiliation de son rival.

Le géant espagnol ressentit profondément cette insulte. Je le vis pâlir sous sa peau basanée. Il regardait

1. Il me devança.
2. Vous commencerez avec des points d'avance (en signe de ma supériorité).

d'un air morne sa raquette en serrant les dents ; puis, d'une voix étouffée, il dit tout bas : *Me lo pagarás*[1].

La voix de M. de Peyrehorade troubla le triomphe de son fils : mon hôte, fort étonné de ne point le trouver présidant aux apprêts de la calèche neuve, le fut bien plus encore en le voyant tout en sueur la raquette à la main. M. Alphonse courut à la maison, se lava la figure et les mains, remit son habit neuf et ses souliers vernis, et cinq minutes après nous étions au grand trot sur la route de Puygarrig. Tous les joueurs de paume de la ville et grand nombre de spectateurs nous suivirent avec des cris de joie. À peine les chevaux vigoureux qui nous traînaient pouvaient-ils maintenir leur avance sur ces intrépides Catalans.

Nous étions à Puygarrig, et le cortège allait se mettre en marche pour la mairie, lorsque M. Alphonse, se frappant le front, me dit tout bas :

« Quelle brioche[2] ! J'ai oublié la bague ! Elle est au doigt de la Vénus, que le diable puisse emporter ! Ne le dites pas à ma mère au moins. Peut-être qu'elle ne s'apercevra de rien.

— Vous pourriez envoyer quelqu'un, lui dis-je.

— Bah ! mon domestique est resté à Ille ; ceux-ci, je ne m'y fie guère. Douze cents francs de diamants !

---

1. « Tu me le paieras », en espagnol.
2. Quelle bêtise !

cela pourrait en tenter plus d'un. D'ailleurs que penserait-on ici de ma distraction ? Ils se moqueraient trop de moi. Ils m'appelleraient le mari de la statue... Pourvu qu'on ne me la vole pas ! Heureusement que l'idole fait peur à mes coquins. Ils n'osent l'approcher à longueur de bras. Bah ! ce n'est rien ; j'ai une autre bague. »

Les deux cérémonies civile et religieuse s'accomplirent avec la pompe[1] convenable ; et Mlle de Puygarrig reçut l'anneau d'une modiste[2] de Paris, sans se douter que son fiancé lui faisait le sacrifice d'un gage amoureux. Puis on se mit à table, où l'on but, mangea, chanta même, le tout fort longuement. Je souffrais pour la mariée de la grosse joie qui éclatait autour d'elle : pourtant elle faisait meilleure contenance que je ne l'aurais espéré, et son embarras n'était ni de la gaucherie ni de l'affectation[3].

Peut-être le courage vient-il avec les situations difficiles.

Le déjeuner terminé quand il plut à Dieu, il était quatre heures, les hommes allèrent se promener dans le parc, qui était magnifique, ou regardèrent danser sur la pelouse du château les paysannes de Puygarrig, parées de leurs habits de fête. De la sorte, nous employâmes quelques heures. Cependant les femmes étaient fort empressées autour de la mariée, qui

1. Faste, éclat, luxe.
2. Marchande de chapeaux.
3. Manque de naturel, simulation.

leur faisait admirer sa corbeille[1]. Puis elle changea de toilette, et je remarquai qu'elle couvrit ses beaux cheveux d'un bonnet et d'un chapeau à plumes, car les femmes n'ont rien de plus pressé que de prendre, aussitôt qu'elles le peuvent, les parures que l'usage leur défend de porter quand elles sont encore demoiselles.

Il était près de huit heures quand on se disposa à partir pour Ille. Mais d'abord eut lieu une scène pathétique. La tante de Mlle de Puygarrig, qui lui servait de mère, femme très âgée et fort dévote[2], ne devait point aller avec nous à la ville. Au départ elle fit à sa nièce un sermon touchant sur ses devoirs d'épouse, duquel sermon résulta un torrent de larmes et des embrassements sans fin. M. de Peyrehorade comparait cette séparation à l'enlèvement des Sabines[3]. Nous partîmes pourtant, et, pendant la route, chacun s'évertua pour distraire la mariée et la faire rire, mais ce fut en vain.

À Ille, le souper nous attendait, et quel souper ! Si la grosse joie du matin m'avait choqué, je le fus bien davantage des équivoques[4] et des plaisanteries dont le marié et la mariée surtout furent l'objet. Le marié, qui avait disparu un instant avant de se mettre à table, était pâle et d'un sérieux de glace. Il buvait à chaque

---

1. Ses cadeaux.
2. Très religieuse.
3. Au VIIIe siècle avant J.-C., les Romains, manquant de femmes, enlevèrent les filles de leurs voisins sabins, les Sabines.
4. Allusions grivoises.

instant du vieux vin de Collioure[1] presque aussi fort que de l'eau-de-vie. J'étais à côté de lui, et me crus obligé de l'avertir :

« Prenez garde ! on dit que le vin… »

Je ne sais quelle sottise je lui dis pour me mettre à l'unisson des convives.

Il me poussa le genou, et très bas il me dit : « Quand on se lèvera de table… que je puisse vous dire deux mots. »

Son ton solennel me surprit. Je le regardai plus attentivement, et je remarquai l'étrange altération[2] de ses traits.

« Vous sentez-vous indisposé ? lui demandai-je.

— Non. »

Et il se remit à boire.

Cependant, au milieu des cris et des battements de mains, un enfant de onze ans, qui s'était glissé sous la table, montrait aux assistants un joli ruban blanc et rose qu'il venait de détacher de la cheville de la mariée. On appelle cela sa jarretière. Elle fut aussitôt coupée par morceaux et distribuée aux jeunes gens, qui en ornèrent leur boutonnière, suivant un antique usage qui se conserve encore dans quelques familles patriarcales[3]. Ce fut pour la mariée une occasion de rougir jusqu'au blanc des yeux… Mais son trouble fut au comble lorsque M. de Peyrehorade, ayant

1. Un port au sud de Perpignan où l'on produit du vin.
2. Déformation, détérioration. Les traits de son visage semblent abîmés.
3. Ici, signifie « aux mœurs traditionnelles ».

réclamé le silence, lui chanta quelques vers catalans, impromptu, disait-il. En voici le sens, si je l'ai bien compris :

« Qu'est-ce donc, mes amis ? Le vin que j'ai bu me fait-il voir double ? Il y a deux Vénus ici… »

Le marié tourna brusquement la tête d'un air effaré, qui fit rire tout le monde.

« Oui, poursuivit M. de Peyrehorade, il y a deux Vénus sous mon toit. L'une, je l'ai trouvée dans la terre comme une truffe ; l'autre, descendue des cieux, vient de nous partager sa ceinture. »

Il voulait dire sa jarretière.

« Mon fils, choisis de la Vénus romaine ou de la Catalane celle que tu préfères. Le maraud[1] prend la Catalane, et sa part est la meilleure. La Romaine est noire, la Catalane est blanche. La Romaine est froide, la Catalane enflamme tout ce qui l'approche. »

Cette chute excita un tel hourra, des applaudissements si bruyants et des rires si sonores, que je crus que le plafond allait nous tomber sur la tête. Autour de la table, il n'y avait que trois visages sérieux, ceux des mariés et le mien. J'avais un grand mal de tête ; et puis, je ne sais pourquoi, un mariage m'attriste toujours. Celui-là, en outre, me dégoûtait un peu.

Les derniers couplets ayant été chantés par l'adjoint du maire, et ils étaient fort lestes[2], je dois le dire, on passa dans le salon pour jouir du départ de la mariée,

---

1. Grossier personnage, rustre.
2. Coquins, osés.

qui devait être bientôt conduite à sa chambre, car il était près de minuit.

M. Alphonse me tira dans l'embrasure d'une fenêtre, et me dit en détournant les yeux :

« Vous allez vous moquer de moi... Mais je ne sais ce que j'ai... je suis ensorcelé ! le diable m'emporte ! »

La première pensée qui me vint fut qu'il se croyait menacé de quelque malheur du genre de ceux dont parlent Montaigne et Mme de Sévigné :

« Tout l'empire amoureux est plein d'histoires tragiques, etc. »

Je croyais que ces sortes d'accidents n'arrivaient qu'aux gens d'esprit, me dis-je à moi-même.

« Vous avez trop bu de vin de Collioure, mon cher monsieur Alphonse, lui dis-je. Je vous avais prévenu.

— Oui, peut-être. Mais c'est quelque chose de bien plus terrible. »

Il avait la voix entrecoupée. Je le crus tout à fait ivre.

« Vous savez bien, mon anneau ? poursuivit-il après un silence.

— Eh bien, on l'a pris ?

— Non.

— En ce cas, vous l'avez ?

— Non... je... je ne puis l'ôter du doigt de cette diable de Vénus.

— Bon ! vous n'avez pas tiré assez fort.

— Si fait... Mais la Vénus... elle a serré le doigt. »

Il me regardait fixement d'un air hagard, s'appuyant à l'espagnolette[1] pour ne pas tomber.

« Quel conte ! lui dis-je. Vous avez trop enfoncé l'anneau. Demain vous l'aurez avec des tenailles. Mais prenez garde de gâter la statue.

— Non, vous dis-je. Le doigt de la Vénus est retiré, reployé ; elle serre la main, m'entendez-vous ?… C'est ma femme, apparemment, puisque je lui ai donné mon anneau… Elle ne veut plus le rendre. »

J'éprouvai un frisson subit, et j'eus un instant la chair de poule. Puis, un grand soupir qu'il fit m'envoya une bouffée de vin, et toute émotion disparut.

Le misérable, pensai-je, est complètement ivre.

« Vous êtes antiquaire, monsieur, ajouta le marié d'un ton lamentable, vous connaissez ces statues-là… il y a peut-être quelque ressort, quelque diablerie, que je ne connais point… Si vous alliez voir ?

— Volontiers, dis-je. Venez avec moi.

— Non, j'aime mieux que vous y alliez seul. »

Je sortis du salon.

Le temps avait changé pendant le souper, et la pluie commençait à tomber avec force. J'allais demander un parapluie, lorsqu'une réflexion m'arrêta.

« Je serais un bien grand sot, me dis-je, d'aller vérifier ce que m'a dit un homme ivre ! Peut-être, d'ailleurs, a-t-il voulu me faire quelque méchante

---

1. Ancien système de fermeture des fenêtres.

plaisanterie pour apprêter à rire[1] à ces honnêtes provinciaux ; et le moins qu'il puisse m'en arriver c'est d'être trempé jusqu'aux os et d'attraper un bon rhume. »

De la porte je jetai un coup d'œil sur la statue ruisselante d'eau, et je montai dans ma chambre sans rentrer dans le salon. Je me couchai ; mais le sommeil fut long à venir. Toutes les scènes de la journée se représentaient à mon esprit. Je pensais à cette jeune fille si belle et si pure abandonnée à un ivrogne brutal.

« Quelle odieuse chose, me disais-je, qu'un mariage de convenance ! Un maire revêt une écharpe tricolore, un curé une étole, et voilà la plus honnête fille du monde livrée au Minotaure[2] ! Deux êtres qui ne s'aiment pas, que peuvent-ils se dire dans un pareil moment, que deux amants achèteraient au prix de leur existence ? Une femme peut-elle jamais aimer un homme qu'elle aura vu grossier une fois ? Les premières impressions ne s'effacent pas, et, j'en suis sûr, ce M. Alphonse méritera bien d'être haï… »

Durant mon monologue, que j'abrège beaucoup, j'avais entendu force allées et venues dans la maison, les portes s'ouvrir et se fermer, des voitures partir ; puis il me semblait avoir entendu sur l'escalier les pas légers de plusieurs femmes se dirigeant vers l'extré-

1. Donner une occasion de rire.
2. Terrible monstre de la mythologie grecque, à corps d'homme et tête de taureau, qui réclamait chaque année quatorze jeunes gens pour les dévorer. Il vivait dans le labyrinthe de Minos, en Crète.

mité du corridor opposée à ma chambre. C'était probablement le cortège de la mariée qu'on menait au lit. Ensuite on avait redescendu l'escalier. La porte de Mme de Peyrehorade s'était fermée. Que cette pauvre fille, me dis-je, doit être troublée et mal à son aise ! Je me tournais dans mon lit de mauvaise humeur. Un garçon joue un sot rôle dans une maison où s'accomplit un mariage.

Le silence régnait depuis quelque temps lorsqu'il fut troublé par des pas lourds qui montaient l'escalier. Les marches de bois craquèrent fortement.

« Quel butor[1] ! m'écriai-je. Je parie qu'il va tomber dans l'escalier. »

Tout redevint tranquille. Je pris un livre pour changer le cours de mes idées. C'était une statistique du département, ornée d'un mémoire de M. de Peyrehorade sur les monuments druidiques[2] de l'arrondissement de Prades. Je m'assoupis à la troisième page.

Je dormis mal et me réveillai plusieurs fois. Il pouvait être cinq heures du matin, et j'étais éveillé depuis plus de vingt minutes, lorsque le coq chanta. Le jour allait se lever. Alors j'entendis distinctement les mêmes pas lourds, le même craquement de l'escalier que j'avais entendus avant de m'endormir. Cela me

1. Grossier personnage.
2. Utilisés pour le culte (les druides étaient des prêtres), du temps des Celtes.

parut singulier. J'essayai, en bâillant, de deviner pourquoi M. Alphonse se levait si matin. Je n'imaginais rien de vraisemblable. J'allais refermer les yeux lorsque mon attention fut de nouveau excitée par des trépignements étranges auxquels se mêlèrent bientôt le tintement des sonnettes et le bruit de portes qui s'ouvraient avec fracas, puis je distinguai des cris confus.

« Mon ivrogne aura mis le feu quelque part ! » pensai-je en sautant à bas de mon lit.

Je m'habillai rapidement et j'entrai dans le corridor. De l'extrémité opposée partaient des cris et des lamentations, et une voix déchirante dominait toutes les autres : « Mon fils ! mon fils ! » Il était évident qu'un malheur était arrivé à M. Alphonse. Je courus à la chambre nuptiale : elle était pleine de monde. Le premier spectacle qui frappa ma vue fut le jeune homme à demi vêtu, étendu en travers sur le lit dont le bois était brisé. Il était livide[1], sans mouvement. Sa mère pleurait et criait à côté de lui. M. de Peyrehorade s'agitait, lui frottait les tempes avec de l'eau de Cologne ou lui mettait des sels[2] sous le nez. Hélas ! depuis longtemps son fils était mort. Sur un canapé, à l'autre bout de la chambre, était la mariée, en proie à d'horribles convulsions. Elle poussait des cris inarticulés,

1. Très pâle.
2. Petit flacon de carbonate d'ammonium, une substance très désagréable à inhaler, que l'on faisait respirer en cas d'évanouissement.

et deux robustes servantes avaient toutes les peines du monde à la contenir.

« Mon Dieu ! m'écriai-je, qu'est-il donc arrivé ? »

Je m'approchai du lit et soulevai le corps du malheureux jeune homme ; il était déjà raide et froid. Ses dents serrées et sa figure noircie exprimaient les plus affreuses angoisses. Il paraissait assez que sa mort avait été violente et son agonie terrible. Nulle trace de sang cependant sur ses habits. J'écartai sa chemise et vis sur sa poitrine une empreinte livide qui se prolongeait sur les côtes et le dos. On eût dit qu'il avait été étreint dans un cercle de fer. Mon pied se posa sur quelque chose de dur qui se trouvait sur le tapis ; je me baissai et vis la bague de diamants.

J'entraînai M. de Peyrehorade et sa femme dans leur chambre ; puis j'y fis porter la mariée.

« Vous avez encore une fille, leur dis-je, vous lui devez vos soins. » Alors je les laissai seuls.

Il ne me paraissait pas douteux que M. Alphonse eût été victime d'un assassinat dont les auteurs avaient trouvé moyen de s'introduire la nuit dans la chambre de la mariée. Ces meurtrissures à la poitrine, leur direction circulaire m'embarrassaient beaucoup pourtant, car un bâton ou une barre de fer n'aurait pu les produire. Tout d'un coup, je me souvins d'avoir entendu dire qu'à Valence des braves[1] se servaient de longs sacs de cuir remplis de sable fin pour assommer les gens dont on leur avait payé la mort. Aussitôt, je

1. Tueurs à gages.

me rappelai le muletier aragonais et sa menace ; toutefois, j'osais à peine penser qu'il eût tiré une si terrible vengeance d'une plaisanterie légère.

J'allais dans la maison, cherchant partout des traces d'effraction, et n'en trouvant nulle part. Je descendis dans le jardin pour voir si les assassins avaient pu s'introduire de ce côté ; mais je ne trouvai aucun indice certain. La pluie de la veille avait d'ailleurs tellement détrempé le sol, qu'il n'aurait pu garder d'empreinte bien nette. J'observai pourtant quelques pas profondément imprimés dans la terre ; il y en avait dans deux directions contraires, mais sur une même ligne, partant de l'angle de la haie contiguë au jeu de paume et aboutissant à la porte de la maison. Ce pouvaient être les pas de M. Alphonse lorsqu'il était allé chercher son anneau au doigt de la statue. D'un autre côté, la haie, en cet endroit, étant moins fourrée[1] qu'ailleurs, ce devait être sur ce point que les meurtriers l'auraient franchie. Passant et repassant devant la statue, je m'arrêtai un instant pour la considérer. Cette fois, je l'avouerai, je ne pus contempler sans effroi son expression de méchanceté ironique ; et, la tête toute pleine des scènes horribles dont je venais d'être le témoin, il me sembla voir une divinité infernale applaudissant au malheur qui frappait cette maison.

Je regagnai ma chambre et j'y restai jusqu'à midi. Alors je sortis et demandai des nouvelles de mes hôtes.

1. Fournie.

Ils étaient un peu plus calmes. Mlle de Puygarrig, je devrais dire la veuve de M. Alphonse, avait repris connaissance. Elle avait même parlé au procureur[1] du roi de Perpignan, alors en tournée à Ille, et ce magistrat avait reçu sa déposition[2]. Il me demanda la mienne. Je lui dis ce que je savais, et ne lui cachai pas mes soupçons contre le muletier aragonais. Il ordonna qu'il fût arrêté sur-le-champ.

« Avez-vous appris quelque chose de Madame Alphonse ? demandai-je au procureur du roi, lorsque ma déposition fut écrite et signée.

— Cette malheureuse jeune femme est devenue folle, me dit-il en souriant tristement. Folle ! tout à fait folle. Voici ce qu'elle conte :

« Elle était couchée, dit-elle, depuis quelques minutes, les rideaux tirés, lorsque la porte de sa chambre s'ouvrit, et quelqu'un entra. Alors Mme Alphonse était dans la ruelle[3] du lit, la figure tournée vers la muraille. Elle ne fit pas un mouvement, persuadée que c'était son mari. Au bout d'un instant, le lit cria comme s'il était chargé d'un poids énorme. Elle eut grand-peur, mais n'osa pas tourner la tête. Cinq minutes, dix minutes peut-être… elle ne peut se rendre compte du temps, se passèrent de la sorte. Puis elle fit un mouvement involontaire, ou bien la personne qui était dans le lit en fit un, et elle sentit le

1. Représentant de la justice royale.
2. Sa version des faits.
3. Entre le lit et le mur.

contact de quelque chose de froid comme la glace, ce sont ses expressions. Elle s'enfonça dans la ruelle, tremblant de tous ses membres. Peu après, la porte s'ouvrit une seconde fois, et quelqu'un entra qui dit : "Bonsoir, ma petite femme." Bientôt après, on tira les rideaux. Elle entendit un cri étouffé. La personne qui était dans le lit, à côté d'elle, se leva sur son séant et parut étendre les bras en avant. Elle tourna la tête alors... et vit, dit-elle, son mari à genoux auprès du lit, la tête à la hauteur de l'oreiller, entre les bras d'une espèce de géant verdâtre qui l'étreignait avec force. Elle dit, et m'a répété vingt fois, pauvre femme ! elle dit qu'elle a reconnu... devinez-vous ? La Vénus de bronze, la statue de M. de Peyrehorade... Depuis qu'elle est dans le pays, tout le monde en rêve. Mais je reprends le récit de la malheureuse folle. À ce spectacle, elle perdit connaissance, et probablement depuis quelques instants elle avait perdu la raison. Elle ne peut en aucune façon dire combien de temps elle demeura évanouie. Revenue à elle, elle revit le fantôme, ou la statue, comme elle dit toujours, immobile, les jambes et le bas du corps dans le lit, le buste et les bras étendus en avant, et entre ses bras son mari, sans mouvement. Un coq chanta. Alors la statue sortit du lit, laissa tomber le cadavre et sortit. Mme Alphonse se pendit à la sonnette et vous savez le reste. »

On amena l'Espagnol ; il était calme, et se défendit avec beaucoup de sang-froid et de présence d'esprit.

Du reste, il ne nia pas le propos que j'avais entendu, mais il l'expliquait prétendant qu'il n'avait voulu dire autre chose, sinon que le lendemain, reposé qu'il serait, il aurait gagné une partie de paume à son vainqueur. Je me rappelle qu'il ajouta :

« Un Aragonais, lorsqu'il est outragé, n'attend pas au lendemain pour se venger. Si j'avais cru que M. Alphonse eût voulu m'insulter, je lui aurais sur-le-champ donné de mon couteau dans le ventre. »

On compara ses souliers avec les empreintes de pas dans le jardin ; ses souliers étaient beaucoup plus grands.

Enfin l'hôtelier chez qui cet homme était logé assura qu'il avait passé toute la nuit à frotter et à médicamenter un de ses mulets qui était malade.

D'ailleurs cet Aragonais était un homme bien famé[1], fort connu dans le pays, où il venait tous les ans pour son commerce. On le relâcha donc en lui faisant des excuses.

J'oubliais la déposition d'un domestique qui le dernier avait vu M. Alphonse vivant. C'était au moment qu'il allait monter chez sa femme, et, appelant cet homme, il lui demanda d'un air d'inquiétude s'il savait où j'étais. Le domestique répondit qu'il ne m'avait point vu. Alors M. Alphonse fit un soupir et resta plus d'une minute sans parler, puis il dit : *Allons ! le diable l'aura emporté aussi !*

1. De bonne réputation (le contraire de mal famé).

Je demandai à cet homme si M. Alphonse avait sa bague de diamants lorsqu'il lui parla. Le domestique hésita pour répondre ; enfin, il dit qu'il ne le croyait pas, qu'il n'y avait fait au reste aucune attention.

« S'il avait eu cette bague au doigt, ajouta-t-il en se reprenant, je l'aurais sans doute remarquée, car je croyais qu'il l'avait donnée à Mme Alphonse. »

En questionnant cet homme, je ressentais un peu de la terreur superstitieuse que la déposition de Mme Alphonse avait répandue dans toute la maison. Le procureur du roi me regarda en souriant, et je me gardai bien d'insister.

Quelques heures après les funérailles de M. Alphonse, je me disposai à quitter Ille. La voiture de M. de Peyrehorade devait me conduire à Perpignan. Malgré son état de faiblesse, le pauvre vieillard voulut m'accompagner jusqu'à la porte de son jardin. Nous le traversâmes en silence, lui se traînant à peine, appuyé sur mon bras. Au moment de nous séparer, je jetai un dernier regard sur la Vénus. Je prévoyais bien que mon hôte, quoiqu'il ne partageât point les terreurs et les haines qu'elle inspirait à une partie de sa famille, voudrait se défaire d'un objet qui lui rappellerait sans cesse un malheur affreux. Mon intention était de l'engager à la placer dans un musée. J'hésitais pour entrer en matière, quand M. de Peyrehorade tourna machinalement la tête du côté où il me voyait regarder fixement. Il aperçut la statue et aussitôt fondit en larmes. Je l'embrassai[1], et, sans oser lui dire un seul mot, je montai dans la voiture.

Depuis mon départ je n'ai point appris que quelque jour nouveau soit venu éclairer cette mystérieuse catastrophe.

M. de Peyrehorade mourut quelques mois après son fils. Par son testament il m'a légué ses manuscrits, que je publierai peut-être un jour. Je n'y ai point trouvé le mémoire relatif aux inscriptions de la Vénus.

P.-S. Mon ami M. de P. vient de m'écrire de Perpignan que la statue n'existe plus. Après la mort de son mari, le premier soin de Mme de Peyrehorade fut de la faire fondre en cloche, et sous cette nouvelle forme elle sert à l'église d'Ille. Mais, ajoute M. de P., il semble qu'un mauvais sort poursuive ceux qui possèdent ce bronze. Depuis que cette cloche sonne à Ille, les vignes ont gelé deux fois.

1. Ici, je le pris dans mes bras.

Petite discussion avec une momie

Edgar Allan Poe

Traduction de Charles Baudelaire

Le *symposium* de la soirée précédente avait un peu fatigué mes nerfs. J'avais une déplorable migraine et je tombais de sommeil. Au lieu de passer la soirée dehors, comme j'en avais le dessein, il me vint donc à l'esprit que je n'avais rien de plus sage à faire que de souper d'une bouchée, et de me mettre immédiatement au lit.

Un *léger* souper, naturellement. J'adore les rôties au fromage. En manger plus d'une livre à la fois, cela peut n'être pas toujours raisonnable. Toutefois, il ne peut pas y avoir d'objection matérielle au chiffre deux. Et, en réalité, entre deux et trois il n'y a que la différence d'une simple unité. Je m'aventurai peut-être jusqu'à quatre. Ma femme tient pour cinq ; – mais évidemment elle a confondu deux choses bien distinctes. Le nombre abstrait cinq, je suis disposé à l'admettre ; mais, au point de vue concret, il se rapporte aux bouteilles de *Brown Stout*, sans l'assaisonnement duquel la rôtie au fromage est une chose à éviter.

Ayant ainsi achevé un frugal repas, et mis mon bonnet de nuit avec la sereine espérance d'en jouir jusqu'au lendemain midi au moins, je plaçai ma tête sur l'oreiller, et, grâce à une excellente conscience, je tombai immédiatement dans un profond sommeil.

Mais quand les espérances de l'homme furent-elles remplies ? Je n'avais peut-être pas achevé mon troisième ronflement, quand une furieuse sonnerie retentit à la porte de la rue, et puis d'impatients coups de marteau qui me réveillèrent en sursaut. Une minute après, et comme je me frottais encore les yeux, ma femme me fourra sous le nez un billet de mon vieil ami le docteur Ponnonner. Il me disait :

— Venez me trouver et laissez tout, mon cher ami, aussitôt que vous aurez reçu ceci. Venez partager notre joie. À la fin, grâce à une opiniâtre diplomatie, j'ai arraché l'assentiment des directeurs du *City Museum* pour l'examen de ma momie, – vous savez de laquelle je veux parler. J'ai la permission de la démailloter, et même de l'ouvrir, si je le juge à propos. Quelques amis seront présents ; – vous en êtes ; cela va sans dire. La momie est présente chez moi, et nous commencerons à la dérouler à onze heures de la nuit.

Tout à vous,

PONNONNER.

Avant d'arriver à la signature, je m'aperçus que j'étais aussi éveillé qu'un homme peut désirer de l'être. Je sautai de mon lit dans un état de délire, bousculant tout ce qui me tombait sous la main ; je m'habillai avec une prestesse vraiment miraculeuse, et je me dirigeai de toute ma vitesse vers la maison du docteur.

Là je trouvai réunie une société très animée. On m'avait attendu avec beaucoup d'impatience ; la momie était étendue sur la table à manger, et, au moment où j'entrai, l'examen était commencé.

Cette momie était une des deux qui furent rapportées, il y a quelques années, par le capitaine Arthur Sabretash, un cousin de Ponnonner. Il les avait prises dans une tombe près d'Eleithias, dans les montagnes de la Libye, à une distance considérable au-dessus de Thèbes sur le Nil. Sur ce point, les caveaux, quoique moins magnifiques que les sépulcres de Thèbes, sont d'un plus haut intérêt, en ce qu'ils offrent de plus nombreuses *illustrations* de la vie privée des Égyptiens. La salle d'où avait été tiré notre échantillon passait pour très riche en documents de cette nature ; – les murs étaient complètement recouverts de peintures à fresque et de bas-reliefs ; des statues, des vases et une mosaïque d'un dessin très riche témoignaient de la puissante fortune des défunts.

Cette rareté avait été déposée au *Museum* exactement dans le même état où le capitaine Sabretash l'avait trouvée, c'est-à-dire qu'on avait laissé la bière intacte. Pendant huit ans, elle était restée ainsi exposée à la curiosité publique, quant à l'extérieur seulement. Nous avions donc la momie complète à notre disposition, et ceux qui savent combien il est rare de voir des antiquités arriver dans nos contrées sans être saccagées jugeront que nous avions de fortes raisons de nous féliciter de notre bonne fortune.

En approchant de la table, je vis une grande boîte, ou caisse, longue d'environ sept pieds, large de trois pieds peut-être, et d'une profondeur de deux pieds et demi. Elle était oblongue, – mais pas en forme de bière. Nous supposâmes d'abord que la matière était du bois de sycomore ; mais, en l'entamant, nous reconnûmes que c'était du carton, ou, plus proprement, une pâte dure faite de papyrus. Elle était grossièrement décorée de peintures représentant des scènes funèbres et divers sujets lugubres, parmi lesquels serpentait un semis de caractères hiéroglyphiques, disposés en tous sens, qui signifiaient évidemment le nom du défunt. Par bonheur, M. Gliddon était de la partie, et il nous traduisit sans peine les signes, qui étaient simplement phonétiques et composaient le mot *Allamistakeo.*

Nous eûmes quelque peine à ouvrir cette boîte sans l'endommager ; mais, quand enfin nous y eûmes réussi, nous en trouvâmes une seconde, celle-ci en forme de bière, et d'une dimension beaucoup moins considérable que la caisse extérieure, mais lui ressemblant exactement sous tout autre rapport. L'intervalle entre les deux était comblé de résine, qui avait jusqu'à un certain point détérioré les couleurs de la botte intérieure.

Après avoir ouvert celle-ci., – ce que nous fîmes très aisément –, nous arrivâmes à une troisième, également en forme de bière, et ne différant en rien de la seconde, si ce n'est par la matière, qui était du cèdre et exhalait l'odeur fortement aromatique qui caractérise ce bois. Entre la seconde et la troisième caisse il n'y avait pas d'intervalle, – celle-ci s'adaptant exactement à celle-là.

En défaisant la troisième caisse, nous découvrîmes enfin le corps, et nous l'enlevâmes. Nous nous attendions à le trouver enveloppé comme d'habitude de nombreux rubans, ou bandelettes de lin ; mais au lieu de cela nous trouvâmes une espèce de gaine, faite de papyrus, et revêtue d'une couche de plâtre grossièrement peinte et dorée. Les peintures représentaient des objets ayant trait aux divers devoirs supposés de l'âme et à sa présentation à différentes divinités, puis de nombreuses figures humaines identiques, – sans doute des portraits des personnes embaumées. De la tête aux pieds s'étendait une inscription columnaire, ou verticale, en *hiéroglyphes phonétiques*, donnant de nouveau le nom et les titres du défunt et les noms et les titres de ses parents.

Autour du cou, que nous débarrassâmes du fourreau, était un collier de grains de verre cylindriques, de couleurs différentes, et disposés de manière à figurer des images de divinités, l'image du Scarabée, et d'autres avec le globe ailé. La taille, dans sa partie la plus mince, était cerclée d'un collier ou ceinture semblable.

Ayant enlevé le papyrus, nous trouvâmes les chairs parfaitement conservées, et sans aucune odeur sensible. La couleur était rougeâtre ; la peau, ferme, lisse et brillante. Les dents et les cheveux paraissaient en bon état. Les yeux, à ce qu'il semblait, avaient été enlevés, et on leur avait substitué des yeux de verre, fort beaux et simulant merveilleusement la vie, sauf leur fixité un peu trop prononcée. Les doigts et les ongles étaient brillamment dorés.

De la couleur rougeâtre de l'épiderme, M. Gliddon inféra que l'embaumement avait été pratiqué uniquement par l'asphalte : mais, ayant gratté la surface avec un instrument d'acier et jeté dans le feu les grains de poudre ainsi obtenus, nous sentîmes se dégager un parfum de camphre et d'autres gommes aromatiques.

Nous visitâmes soigneusement le corps pour trouver les incisions habituelles par où on extrait les entrailles, mais, à notre grande surprise, nous n'en pûmes découvrir la trace. Aucune personne de la société ne savait alors qu'il n'est pas rare de trouver des momies entières et non incisées. Ordinairement la cervelle se vidait par le nez ; les intestins, par une incision dans le flanc ; le corps était alors rasé, lavé et salé ; on le laissait ainsi reposer quelques semaines, puis commençait, à proprement parler, l'opération de l'embaumement.

Comme on ne pouvait trouver aucune trace d'ouverture, le docteur Ponnonner préparait ses instruments de dissection, quand je fis remarquer qu'il était déjà deux heures passées. Là-dessus, on s'accorda à renvoyer l'examen interne à la nuit suivante ; et nous étions au moment de nous séparer, quand quelqu'un lança l'idée d'une ou deux expériences avec la pile de Volta.

L'application de l'électricité à une momie vieille au moins de trois ou quatre mille ans était une idée, sinon très sensée, du moins suffisamment originale, et nous la saisîmes au vol. Pour ce beau projet, dans lequel il entrait un dixième de sérieux et neuf bons dixièmes de plaisanterie, nous disposâmes une batterie dans le cabinet du docteur, et nous y transportâmes l'Égyptien.

Ce ne fut pas sans beaucoup de peine que nous réussîmes à mettre à nu une partie du muscle temporal, qui semblait être d'une rigidité moins marmoréenne que le reste du corps, mais qui, naturellement, comme nous nous y attendions bien, ne donna aucun indice de susceptibilité galvanique quand on le mit en contact avec le fil. Ce premier essai nous parut décisif ; et, tout en riant de bon cœur de notre propre absurdité, nous nous souhaitions réciproquement une bonne nuit, quand mes yeux, tombant par hasard sur ceux de la momie, y restèrent immédiatement cloués d'étonnement. De fait, le premier coup d'œil m'avait suffi pour m'assurer que les globes, que nous avions tous supposé être de verre, et qui primitivement se distinguaient par une certaine fixité singulière, étaient maintenant si bien recouverts par les paupières qu'une petite portion de la *tunica albuginea* restait seule visible.

Je poussai un cri, et j'attirai l'attention sur ce fait, qui devint immédiatement évident pour tout le monde.

Je ne dirai pas que j'étais *alarmé* par le phénomène, parce que le mot alarmé, dans mon cas, ne serait pas précisément le mot propre. Il aurait pu se faire toutefois que, sans ma provision de *Brown Stout*, je me sentisse légèrement ému. Quant aux autres personnes de la société, elles ne firent vraiment aucun effort pour cacher leur naïve terreur. Le docteur Ponnonner était un homme à faire pitié. M. Gliddon, par je ne sais quel procédé particulier, s'était rendu invisible. Je présume que M. Silk Buckingham n'aura pas l'audace de nier qu'il ne se soit fourré à quatre pattes sous la table.

Après le premier choc de l'étonnement, nous résolûmes, cela va sans dire, de tenter tout de suite une nouvelle expérience. Nos opérations furent alors dirigées contre le gros orteil du pied droit. Nous fîmes une incision au-dessus de la région de l'*os sesamoideum pollicis pedis*, et nous arrivâmes ainsi à la naissance du muscle *abductor*. Rajustant la batterie, nous appliquâmes de nouveau le fluide aux nerfs mis à nu, – quand, avec un mouvement plus vif que la vie elle-même, la momie retira son genou droit comme pour le rapprocher le plus possible de l'abdomen, puis, redressant le membre avec une force inconcevable, allongea au docteur Ponnonner une ruade, qui eut pour effet de décocher ce gentleman, comme le projectile d'une catapulte, et de l'envoyer dans la rue à travers une fenêtre.

Nous nous précipitâmes en masse pour rapporter les débris mutilés de l'infortuné ; mais nous eûmes le bonheur de le rencontrer sur l'escalier, remontant avec une inconcevable diligence, bouillant de la plus grande ardeur philosophique, et plus que jamais frappé de la nécessité de poursuivre nos expériences, avec rigueur et avec zèle.

Ce fut donc d'après son conseil que nous fîmes sur-le-champ une incision profonde dans le bout du nez du sujet ; et le docteur, y jetant des mains impétueuses, le fourra violemment en contact avec le fil métallique.

Moralement et physiquement, – métaphoriquement et littéralement –, l'effet fut *électrique*. D'abord le cadavre ouvrit les yeux et les cligna très rapidement pendant quelques minutes, comme M. Barnes dans la pantomime ; puis il éternua ; en troisième lieu, il se dressa sur son séant ; en quatrième lieu, il mit son poing sous le nez du docteur Ponnonner ; enfin, se tournant vers MM. Gliddon et Buckingham, il leur adressa, dans l'égyptien le plus pur, le discours suivant :

« — Je dois vous dire, gentlemen, que je suis aussi surpris que mortifié de votre conduite. Du docteur Ponnonner je n'avais rien de mieux à attendre ; c'est un pauvre petit gros sot qui ne sait rien de rien. J'ai pitié de lui et je lui pardonne. Mais vous, monsieur Gliddon, – et vous, Silk, qui avez voyagé et résidé en Égypte, à ce point qu'on pourrait croire que vous êtes né sur nos terres –, vous, dis-je, qui avez tant vécu parmi nous que vous parlez l'égyptien aussi bien, je crois, que vous écrivez votre langue maternelle, – vous que je m'étais accoutumé à regarder comme le plus ferme ami des momies –, j'attendais de vous une conduite plus courtoise. Que dois-je penser de votre impassible neutralité, quand je suis traité aussi brutalement ? Que dois-je supposer, quand vous permettez à Pierre et à Paul de me dépouiller de mes bières et de mes vêtements sous cet affreux climat de glace ? À quel point de vue, pour en finir, dois-je considérer votre fait d'aider et d'encourager ce misérable petit drôle de docteur Ponnonner, à me tirer par le nez ? »

On croira généralement, sans aucun doute, qu'en entendant un pareil discours, dans de telles circonstances, nous avons tous filé vers la porte, ou que nous sommes tombés dans de violentes attaques de nerfs, ou dans un évanouissement unanime. L'une de ces trois choses, dis-je, était probable. En vérité, chacune de ces trois lignes de conduite et toutes les trois étaient des plus légitimes. Et, sur ma parole, je ne puis comprendre comment il se fait que nous n'en suivîmes aucune. Mais, peut-être, la vraie raison doit-elle être cherchée dans l'esprit de ce siècle, qui procède entièrement par la loi des contraires, considérée aujourd'hui comme solution de toutes les antinomies et fusion de toutes les contradictoires. Ou peut-être, après tout, était-ce seulement l'air excessivement naturel et familier de la momie qui enlevait à ses paroles toute puissance scientifique. Quoi qu'il en soit, les faits sont positifs, et pas un membre de la société ne trahit d'effroi bien caractérisé et ne parut croire qu'il se fût passé quelque chose de particulièrement irrégulier.

Pour ma part j'étais convaincu que tout cela était fort naturel, et je me rangeai simplement de côté, hors de la portée du poing de l'Égyptien. Le docteur Ponnonner fourra ses mains dans les poches de sa culotte, regarda la momie d'un air bourru, et devint excessivement rouge. M. Gliddon caressait ses favoris et redressait le col de sa chemise. M. Buckingham baissa la tête et mit son pouce droit dans le coin gauche de sa bouche.

L'Égyptien le regarda avec une physionomie sévère pendant quelques minutes, et à la longue, il lui dit avec un ricanement :

— Pourquoi ne parlez-vous pas, monsieur Buckingham ? Avez-vous entendu, oui ou non, ce que je vous ai demandé ? Voulez-vous bien ôter votre pouce de votre bouche !

Là-dessus, M. Buckingham fit un léger soubresaut, ôta son pouce droit du coin gauche de sa bouche, et en manière de compensation inséra son pouce gauche dans le coin droit de l'ouverture susdite.

Ne pouvant pas tirer une réponse de M. Buckingham, la momie se tourna avec humeur vers M. Gliddon, et lui demanda d'un ton péremptoire d'expliquer en gros ce que nous voulions tous.

M. Gliddon répliqua tout au long, en *phonétique* ; et, n'était l'absence de caractères *hiéroglyphiques* dans les imprimeries américaines, c'eût été pour moi un grand plaisir de transcrire intégralement et en langue originale son excellent speech.

Je saisirai cette occasion pour faire remarquer que toute la conversation subséquente à laquelle prit part la momie eut lieu en égyptien primitif, – MM. Gliddon et Buckingham servant d'interprètes pour moi et les autres personnes de la société qui n'avaient pas voyagé. Ces messieurs parlaient la langue maternelle de la momie avec une grâce et une abondance inimitables ; mais je ne pouvais pas m'empêcher de remarquer que les deux voyageurs, – sans doute à cause de l'introduction d'images entièrement modernes et, naturellement, tout à fait nouvelles pour l'étranger –, étaient quelquefois réduits à employer des formes sensibles pour traduire à cet esprit d'un autre âge un sens particulier. Il y eut un moment, par exemple, où M. Gliddon, ne pouvant pas faire comprendre à l'Égyptien le mot : *la Politique*, s'avisa heureusement de dessiner sur le mur, avec un morceau de charbon, un petit monsieur au nez bourgeonné, aux coudes troués, grimpé sur un piédestal, la jambe gauche tendue en arrière, le bras droit projeté en avant, le poing fermé, les yeux convulsés vers le ciel, et la bouche ouverte sous un angle de 90 degrés.

De même, M. Buckingham n'aurait jamais réussi à lui traduire l'idée absolument moderne de *whig* (perruque), si, à une suggestion du docteur Ponnonner, il n'était devenu très pâle et n'avait consenti à ôter la sienne.

Il était tout naturel que le discours de M. Gliddon roulât principalement sur les immenses bénéfices que la science pouvait tirer du démaillotement et du déboyautement des momies ; moyen subtil de nous justifier de tous les dérangements que nous avions pu lui causer, à elle en particulier, momie nommée Allamistakeo ; il conclut en insinuant, – car ce ne fut qu'une insinuation –, que, puisque toutes ces petites questions étaient maintenant éclaircies, on pouvait aussi bien procéder à l'examen projeté. Ici le docteur Ponnonner apprêta ses instruments.

Relativement aux dernières suggestions de l'orateur, il parait qu'Allamistakeo avait certains scrupules de conscience, sur la nature desquels je n'ai pas été clairement renseigné ; mais il se montra satisfait de notre justification et, descendant de la table, donna à toute la compagnie des poignées de mains à la ronde.

Quand cette cérémonie fut terminée, nous nous occupâmes immédiatement de réparer les dommages que le scalpel avait fait éprouver au sujet. Nous recousîmes la blessure de sa tempe, nous bandâmes son pied, et nous lui appliquâmes un pouce carré de taffetas noir sur le bout du nez.

On remarqua alors que le comte – tel était, à ce qu'il paraît, le titre d'Allamistakeo –, éprouvait quelques légers frissons, – à cause du climat, sans aucun doute. Le docteur alla immédiatement à sa garde-robe, et revint bientôt avec un habit noir, de la meilleure coupe de Jennings, un pantalon de tartan bleu de ciel à sous-pieds, une chemise rose de guingamp, un gilet de brocart à revers, un paletot-sac blanc, une canne à bec de corbin, un chapeau sans bords, des bottes en cuir breveté, des gants de chevreau couleur paille, un lorgnon, une paire de favoris et une cravate cascade. La différence de taille entre le comte et le docteur, – la proportion étant comme deux à un –, fut cause que nous eûmes quelque peu de mal à ajuster ces habillements à la personne de l'Égyptien ; mais, quand tout fut arrangé, au moins pouvait-il dire qu'il était bien mis. M. Gliddon lui donna donc le bras et le conduisit vers un bon fauteuil, en face du feu ; pendant ce temps-là, le docteur sonnait et demandait le vin et les cigares.

La conversation s'anima bientôt. On exprima, cela va sans dire, une grande curiosité relativement au fait quelque peu singulier d'Allamistakeo resté vivant.

— J'aurais pensé, – dit M. Buckingham –, qu'il y avait déjà beau temps que vous étiez mort.

— Comment ! – répliqua le comte très étonné –, je n'ai guère plus de sept cents ans ! Mon père en a vécu mille, et il ne radotait pas le moins du monde quand il est mort.

Il s'ensuivit une série étourdissante de questions et de calculs par lesquels on découvrit que l'antiquité de la momie avait été très grossièrement estimée. Il y avait cinq mille cinquante ans et quelques mois qu'elle avait été déposée dans les catacombes d'Eleithias.

— Mais ma remarque, – reprit M. Buckingham –, n'avait pas trait à votre âge à l'époque de votre ensevelissement (je ne demande pas mieux que d'accorder que vous êtes encore un jeune homme), et j'entendais parler de l'immensité de temps pendant lequel, d'après votre propre explication, vous êtes resté confit dans l'asphalte.

— Dans quoi ? – dit le comte.

— Dans l'asphalte, – persista M. Buckingham.

— Ah ! oui ; j'ai comme une idée vague de ce que vous voulez dire ; – en effet cela pourrait réussir –, mais de mon temps nous n'employions guère autre chose que le bichlorure de mercure.

— Mais ce qu'il nous est particulièrement impossible de comprendre, – dit le docteur Ponnonner –, c'est comment il se fait qu'étant mort et ayant été enseveli en Égypte, il y a cinq mille ans, vous soyez aujourd'hui parfaitement vivant, et avec un air de santé admirable.

— Si à cette époque j'étais *mort*, comme vous dites, – répliqua le comte –, il est plus que probable que mort je serais resté ; car je m'aperçois que vous en êtes encore à l'enfance du galvanisme, et que vous ne pouvez pas accomplir par cet agent ce qui, dans le vieux temps, était chez nous chose vulgaire. Mais le fait est que j'étais tombé en catalepsie, et que mes meilleurs amis jugèrent que j'étais mort, ou que je devais être mort ; c'est pourquoi ils m'embaumèrent tout de suite. – Je présume que vous connaissez le principe capital de l'embaumement ?

— Mais pas le moins du monde.

— Ah ! je conçois ; – déplorable condition de l'ignorance ! Je ne puis donc pour le moment entrer dans aucun détail à ce sujet ; mais il est indispensable que je vous explique qu'en Égypte, embaumer, à proprement parler, était suspendre indéfiniment toutes les fonctions animales soumises au procédé. Je me sers du terme *animal* dans son sens le plus large, comme impliquant l'être moral et vital aussi bien que l'être physique. Je répète que le premier principe de l'embaumement consistait, chez nous, à arrêter immédiatement et à tenir perpétuellement en suspens toutes les fonctions animales soumises au procédé. Enfin, pour être bref, dans quelque état que se trouvât l'individu à l'époque de l'embaumement, il restait dans cet état. Maintenant, comme j'ai le bonheur d'être du sang du Scarabée, je fus embaumé vivant, tel que vous me voyez présentement.

— Le sang du Scarabée ! – s'écria le docteur Ponnonner.

— Oui. Le Scarabée était l'emblème, les armes d'une famille patricienne très distinguée et peu nombreuse. Être du sang du Scarabée, c'est simplement être dc la famille dont le Scarabée est l'emblème. Je parle figurativement.

— Mais qu'a cela de commun avec le fait de votre existence actuelle ?

— Eh bien, c'était la coutume générale en Égypte, avant d'embaumer un cadavre, de lui enlever les intestins et la cervelle ; la race des Scarabées seule n'était pas sujette à cette coutume. Si donc je n'avais pas été un Scarabée, j'eusse été privé de mes boyaux et de ma cervelle, et, sans ces deux viscères, vivre n'est pas chose commode.

— Je comprends cela, – dit M. Buckingham –, et je présume que toutes les momies qui nous parviennent *entières* sont de la race des Scarabées.

— Sans aucun doute.

— Je croyais, – dit M. Gliddon très timidement –, que le Scarabée était un des Dieux égyptiens.

— Un des *quoi* égyptiens ! – s'écria la momie, sautant sur ses pieds.

— Un des Dieux, – répéta le voyageur.

— Monsieur Gliddon, je suis réellement étonné de vous entendre parler de la sorte, – dit le comte en se rasseyant. – Aucune nation sur la face de la terre n'a jamais reconnu plus d'*un* Dieu. Le Scarabée, l'ibis, etc., étaient pour nous (ce que d'autres créatures ont été pour d'autres nations) les symboles, les intermédiaires par lesquels nous offrions le culte au Créateur, trop auguste pour être approché directement.

Ici il se fit une pause. À la longue, l'entretien fut repris par le docteur Ponnonner.

— Il n'est donc pas improbable, d'après vos explications, – dit-il –, qu'il puisse exister dans les catacombes qui sont près du Nil d'autres momies de la race du Scarabée dans de semblables conditions de vitalité ?

— Cela ne peut pas faire l'objet d'une question, – répliqua le comte ; – tous les Scarabées qui, par accident, ont été embaumés vivants sont vivants. Quelques-uns même de ceux qui ont été ainsi embaumés *à dessein* peuvent avoir été oubliés par leurs exécuteurs testamentaires et sont encore dans leurs tombes.

— Seriez-vous assez bon, – dis-je –, pour expliquer ce que vous entendez par : *embaumés ainsi à dessein* ?

— Avec le plus grand plaisir, – répliqua la momie, après m'avoir considéré à loisir à travers son lorgnon ; car c'était la première fois que je me hasardais à lui adresser directement une question. Avec le plus grand plaisir, – dit-elle. – La durée ordinaire de la vie humaine, de mon temps, était de huit cents ans environ. Peu d'hommes mouraient, sauf par suite d'accidents très extraordinaires, avant l'âge de six cents ; très peu vivaient plus de dix siècles ; mais huit siècles étaient considérés comme le terme naturel. Après la découverte du principe de l'embaumement, tel que je vous l'ai expliqué, il vint à l'esprit de nos philosophes qu'on pourrait satisfaire une louable curiosité, et en même temps servir considérablement les intérêts de la science, en morcelant la durée moyenne et en vivant cette vie naturelle par à-comptes. Relativement à la science historique, l'expérience a démontré qu'il y avait quelque chose à faire dans ce sens, quelque chose d'indispensable. Un historien, par exemple, ayant atteint l'âge de cinq cents ans, écrivait un livre avec le plus grand soin ; puis il se faisait soigneusement embaumer, laissant commission à ses exécuteurs testamentaires *pro tempore* de le ressusciter après un certain laps de temps, – mettons cinq ou six cents ans. Rentrant dans la vie à l'expiration de cette époque, il trouvait invariablement son grand ouvrage converti en une espèce de cahier de notes accumulées au hasard, – c'est-à-dire en une sorte d'arène littéraire ouverte aux conjectures contradictoires, aux énigmes et aux chamailleries personnelles de toutes les bandes de commentateurs exaspérés. Ces conjectures, ces énigmes, qui passaient sous le nom d'annotations ou corrections, avaient si complètement enveloppé, torturé, écrasé le texte, que l'auteur était réduit à fureter partout dans ce fouillis avec une lanterne pour découvrir son propre livre. Mais une fois retrouvé, ce pauvre livre ne valait jamais les peines que l'auteur avait prises pour le ravoir. Après l'avoir récrit d'un bout à l'autre, il restait encore une besogne pour l'historien, un devoir impérieux : c'était de corriger, d'après sa science et son expérience personnelles, les traditions du jour concernant l'époque dans laquelle il avait primitivement vécu. Or, ce procédé de recomposition et de rectification personnelle, poursuivi de temps à autre par différents sages, avait pour résultat d'empêcher notre histoire de dégénérer en une pure fable.

— Je vous demande pardon, – dit alors le docteur Ponnonner, posant doucement sa main sur le bras de l'Égyptien –, je vous demande pardon, monsieur, mais puis-je me permettre de vous interrompre pour un moment ?

— Parfaitement, *monsieur*, – répliqua le comte en s'écartant un peu.

— Je désirais simplement vous faire une question, – dit le docteur. – Vous avez parlé de corrections personnelles de l'auteur relativement aux traditions qui concernaient son époque. En moyenne, monsieur, je vous prie, dans quelle proportion la vérité se trouvait-elle généralement mêlée à ce grimoire ?

— On trouva généralement que ce grimoire, – pour me servir de votre excellente définition, monsieur –, était exactement au pair avec les faits rapportés dans l'histoire elle-même non récrite, – c'est-à-dire qu'on ne vit jamais dans aucune circonstance un simple iota de l'un ou de l'autre qui ne fût absolument et radicalement faux.

— Mais, puisqu'il est parfaitement clair, – reprit le docteur –, que cinq mille ans au moins se sont écoulés depuis votre enterrement, je tiens pour sûr que vos annales à cette époque, sinon vos traditions, étaient suffisamment explicites sur un sujet d'un intérêt universel, la Création, qui eut lieu, comme vous le savez sans doute, seulement dix siècles auparavant, ou peu s'en faut.

— Monsieur ! – fit le comte Allamistakeo.

Le docteur répéta son observation, mais ce ne fut qu'après mainte explication additionnelle qu'il parvint à se faire comprendre de l'étranger. À la fin, celui-ci dit, non sans hésitation :

— Les idées que vous soulevez sont, je le confesse, entièrement nouvelles pour moi. De mon temps, je n'ai jamais connu personne qui eût été frappé d'une si singulière idée, que l'univers (ou ce monde, si vous l'aimez mieux) pouvait avoir eu un commencement. Je me rappelle qu'une fois, mais rien qu'une fois, un homme de grande science me parla d'une tradition vague concernant l'origine de la race humaine : et cet homme se servait comme vous du mot *Adam*, ou *terre rouge*. Mais il l'employait dans un sens générique, comme ayant trait à la germination spontanée par le limon, – juste comme un millier d'animalcules –, à la germination spontanée, dis-je, de cinq vastes hordes d'hommes, poussant simultanément dans cinq parties distinctes du globe presque égales entre elles.

Ici, la société haussa généralement les épaules, et une ou deux personnes se touchèrent le front avec un air très significatif. M. Silk Buckingham, jetant un léger coup d'œil d'abord sur l'occiput, puis sur le sinciput d'Allamistakeo, prit ainsi la parole :

— La longévité humaine dans votre temps, unie à cette pratique fréquente que vous nous avez expliquée, consistant à vivre sa vie par à-comptes, aurait dû, en vérité, contribuer puissamment au développement général et à l'accumulation des connaissances. Je présume donc que nous devons attribuer l'infériorité marquée des anciens Égyptiens dans toutes les parties de la science, quand on les compare avec les modernes et plus spécialement avec les Yankees, uniquement à l'épaisseur plus considérable du crâne égyptien.

— Je confesse de nouveau, – répliqua le comte avec une parfaite urbanité –, que je suis quelque peu en peine de vous comprendre ; dites-moi, je vous prie, de quelles parties de la science voulez-vous parler ?

Ici, toute la compagnie, d'une voix unanime, cita

les affirmations de la phrénologie et les merveilles du magnétisme animal.

Nous ayant écoutés jusqu'au bout, le comte se mit à raconter quelques anecdotes qui nous prouvèrent clairement que les prototypes de Gall et de Spurzheim avaient fleuri et dépéri en Égypte, mais dans une époque si ancienne qu'on en avait presque perdu le souvenir, – et que les procédés de Mesmer étaient des tours misérables en comparaison des miracles positifs opérés par les savants de Thèbes, qui créaient des poux et une foule d'autres êtres semblables.

Je demandai alors au comte si ses compatriotes étaient capables de calculer les éclipses. Il sourit avec une nuance de dédain et m'affirma que oui.

Ceci me troubla un peu ; cependant, je commençais à lui faire d'autres questions relativement à leurs connaissances astronomiques, quand quelqu'un de la société, qui n'avait pas encore ouvert la bouche, me souffla à l'oreille que, si j'avais besoin de renseignements sur ce chapitre, je ferais mieux de consulter un certain monsieur Ptolémée aussi bien qu'un nommé Plutarque, à l'article *De facie lunæ.*

Je questionnai alors la momie sur les verres ardents et lenticulaires, et généralement sur la fabrication du verre ; mais je n'avais pas fini mes questions que le camarade silencieux me poussait doucement par le coude, et me priait, pour l'amour de Dieu, de jeter un coup d'œil sur Diodore de Sicile. Quant au comte, il me demanda simplement en manière de réplique, si, nous autres modernes, nous possédions des microscopes qui nous permissent de graver des onyx avec la perfection des Égyptiens. Pendant que je cherchais la réponse à faire à cette question, le petit docteur Ponnonner s'aventura dans une voie très extraordinaire.

— Voyez notre architecture ! – s'écria-t-il, à la grande indignation des deux voyageurs qui le pinçaient jusqu'au bleu, mais sans réussir à le faire taire.

— Allez voir, – criait-il avec enthousiasme –, la fontaine du Jeu de boule à New York ! ou, si c'est une trop écrasante contemplation, regardez un instant le Capitole à Washington, D. C. !

Et le bon petit homme médical alla jusqu'à détailler minutieusement les proportions du bâtiment en question. Il expliqua que le portique seul n'était pas orné de moins de vingt-quatre colonnes de cinq pieds de diamètre, et situées à dix pieds de distance l'une de l'autre.

Le comte dit qu'il regrettait de ne pouvoir se rappeler pour le moment la dimension précise d'aucune des principales constructions de la cité d'Aznac, dont les fondations plongeaient dans la nuit du temps, mais dont les ruines étaient encore debout, à l'époque de son enterrement, dans une vaste plaine de sable à l'ouest de Thèbes. Il se souvenait néanmoins, à propos de portiques, qu'il y en avait un, appliqué à un palais secondaire, dans une espèce de faubourg appelé Carnac, et formé de cent quarante-quatre colonnes de trente-sept pieds de circonférence chacune, et distantes de vingt-cinq pieds l'une de l'autre. On arrivait du Nil à ce portique par une avenue de deux milles de long, formée par des sphinx, des statues, des obélisques de vingt, de soixante et de cent pieds de haut. Le palais lui-même, autant qu'il pouvait se rappeler, avait, dans un sens seulement, deux milles de long, et pouvait bien avoir en tout sept milles de circuit. Ses murs étaient richement décorés, en dedans et en dehors, de peintures hiéroglyphiques. Il ne prétendait pas *affirmer* qu'on aurait pu bâtir entre ses murs cinquante ou soixante des Capitoles du docteur ; mais il ne lui était pas démontré que deux ou trois cents n'eussent pas pu y être empilés sans trop d'embarras. Ce palais de Carnac était une insignifiante petite bâtisse, après tout. Le comte, néanmoins, ne pouvait pas, en stricte conscience, se refuser à reconnaître le style ingénieux, la magnificence et la supériorité de la fontaine du Jeu de boule, telle que le docteur l'avait décrite. Rien de semblable, il était forcé de l'avouer, n'avait jamais été vu en Égypte ni ailleurs.

Je demandai alors au comte ce qu'il pensait de nos chemins de fer.

— Rien de particulier, – dit-il. – Ils sont un peu faibles, assez mal conçus et grossièrement assemblés. Ils ne peuvent donc pas être comparés aux vastes chaussées à rainures de fer, horizontales et directes, sur lesquelles les Égyptiens transportaient des temples entiers et des obélisques massifs de cent cinquante pieds de haut.

Je lui parlai de nos gigantesques mécaniques. Il convint que nous savions faire quelque chose dans ce genre, mais il me demanda comment nous nous y serions pris pour dresser les impostes sur les linteaux du plus petit palais de Carnac.

Je jugeai à propos de ne pas entendre cette question, et je lui demandai s'il avait quelque idée des puits artésiens ; mais il releva simplement les sourcils, pendant que M. Gliddon me faisait un clignement d'yeux très prononcé, et me disait à voix basse que les ingénieurs chargés de forer le terrain pour trouver de l'eau dans la Grande Oasis en avaient découvert un tout récemment.

Alors je citai nos aciers ; mais l'étranger leva le nez, et me demanda si notre acier aurait pu jamais exécuter les sculptures si vives et si nettes qui décorent les obélisques, et qui avaient été entièrement exécutées avec des outils de cuivre.

Cela nous déconcerta si fort que nous jugeâmes à propos de faire une diversion sur la métaphysique. Nous envoyâmes chercher un exemplaire d'un ouvrage qui s'appelle le *Dial*, et nous en lûmes un chapitre ou deux sur un sujet qui n'est pas très clair, mais que les gens de Boston définissent : le Grand Mouvement ou Progrès.

Le comte dit simplement que, de son temps, les grands mouvements étaient choses terriblement communes, et que, quant au Progrès, il fut à une certaine époque une vraie calamité, mais ne progressa jamais.

Nous parlâmes alors de la grande beauté et de l'importance de la Démocratie, et nous eûmes beaucoup de peine à bien faire comprendre au comte la nature positive des avantages dont nous jouissions en vivant dans un pays où le suffrage était *ad libitum*, et où il n'y avait pas de roi.

Il nous écouta avec un intérêt marqué, et en somme il parut réellement s'amuser. Quand nous eûmes fini, il nous dit qu'il s'était passé là-bas, il y avait déjà bien longtemps, quelque chose de tout à fait semblable. Treize provinces égyptiennes résolurent tout d'un coup d'être libres, et de donner ainsi un magnifique exemple au reste de l'humanité. Elles rassemblèrent leurs sages, et brassèrent la plus ingénieuse constitution qu'il est possible d'imaginer. Pendant quelque temps, tout alla le mieux du monde ; seulement il y avait là des habitudes de blague qui étaient quelque chose de prodigieux. La chose néanmoins finit ainsi : les treize États, avec quelque chose comme quinze ou vingt autres, se consolidèrent dans le plus odieux et le plus insupportable despotisme dont on ait jamais ouï parler sur la surface du globe.

Je demandai quel était le nom du tyran usurpateur.

Autant que le comte pouvait se le rappeler, ce tyran se nommait : *La Canaille.*

Ne sachant que dire à cela, j'élevai la voix, et je déplorai l'ignorance des Égyptiens relativement à la vapeur.

Le comte me regarda avec beaucoup d'étonnement, mais ne répondit rien. Le gentleman silencieux me donna toutefois un violent coup de coude dans les côtes, – me dit que je m'étais suffisamment compromis pour une fois –, et me demanda si j'étais réellement assez innocent pour ignorer que la machine à vapeur moderne descendait de l'invention de Héro en passant par Salomon de Caus.

Nous étions pour lors en grand danger d'être battus ; mais notre bonne étoile fit que le docteur Ponnonner, s'étant rallié, accourut à notre secours, et demanda si la nation égyptienne prétendait sérieusement rivaliser avec les modernes dans l'article de la toilette, si important et si compliqué.

À ce mot, le comte jeta un regard sur les sous-pieds de son pantalon ; puis, prenant par le bout une des basques de son habit, il l'examina curieusement pendant quelques minutes. À la fin, il la laissa retomber, et sa bouche s'étendit graduellement d'une oreille à l'autre ; mais je ne me rappelle pas qu'il ait dit quoi que ce soit en manière de réplique.

Là-dessus, nous recouvrâmes nos esprits, et le docteur, s'approchant de la momie d'un air plein de dignité, la pria de dire avec candeur, sur son honneur de gentleman, si les Égyptiens avaient compris, à une époque quelconque, la fabrication soit des pastilles de Ponnonner, soit des pilules de Brandreth.

Nous attendions la réponse dans une profonde anxiété, – mais bien inutilement. Cette réponse n'arrivait pas. L'Égyptien rougit et baissa la tête. Jamais triomphe ne fut plus complet ; jamais défaite ne fut supportée de plus mauvaise grâce. Je ne pouvais vraiment pas endurer le spectacle de l'humiliation de la pauvre momie. Je pris mon chapeau, je la saluai avec un certain embarras, et je pris congé.

En rentrant chez moi, je m'aperçus qu'il était quatre heures passées, et je me mis immédiatement au lit. Il est maintenant dix heures du matin. Je suis levé depuis sept, et j'écris ces notes pour l'instruction de ma famille et de l'humanité. Quant à la première, je ne la verrai plus. Ma femme est une mégère. La vérité est que cette vie et généralement tout le dix-neuvième siècle me donnent des nausées. Je suis convaincu que tout va de travers. En outre, je suis anxieux de savoir qui sera élu président en 2045. C'est pourquoi, une fois rasé et mon café avalé, je vais tomber chez Ponnonner, et je me fais embaumer pour une couple de siècles.

Table

ARRIA MARCELLA, SOUVENIR DE POMPÉI 7
Théophile Gautier

LE PIED DE MOMIE 53
Théophile Gautier

LA VÉNUS D'ILLE 73
Prosper Mérimée

PETITE DISCUSSION AVEC UNE MOMIE 125
Edgar Allan Poe

« Pour l'éditeur, le principe est d'utiliser des papiers composés de fibres naturelles, renouvelables, recyclables et fabriquées à partir de bois issus de forêts qui adoptent un système d'aménagement durable. En outre, l'éditeur attend de ses fournisseurs de papier qu'ils s'inscrivent dans une démarche de certification environnementale reconnue. »

Composition PCA – 44400 Rezé

Achevé d'imprimer en Italie par G. Canale & C. S.p.A.
32.04.2949.9/01 – ISBN : 978-2-01-322949-4
Loi nº 49-956 du 16 juillet 1949 sur les publications destinées à la jeunesse
Dépôt légal : mars 2011